小木屋的故事

在银湖边

[美]劳拉·英格斯·怀德/著

文轩/译

《插图全译本》

By the Shores of Silver Lake

内蒙古科学技术出版社

图书在版编目（CIP）数据

在银湖边 /（美）劳拉·英格斯·怀德著；文轩译
. —赤峰：内蒙古科学技术出版社, 2019.1（2022.1重印）
（小木屋的故事）
ISBN 978-7-5380-3014-3

Ⅰ.①在… Ⅱ.①劳… ②文… Ⅲ.①儿童小说—长
篇小说—美国—现代 Ⅳ.①I712.84

中国版本图书馆CIP数据核字（2018）第226860号

在银湖边

作　　者：[美]劳拉·英格斯·怀德 著　　文轩 译
责任编辑：张文娟
封面设计：鸿儒文轩·书心瞬意
出版发行：内蒙古科学技术出版社
地　　址：赤峰市红山区哈达街南一段4号
网　　址：www.nm-kj.cn
邮购电话：0476-8227078
印　　刷：三河市华东印刷有限公司
字　　数：149千
开　　本：880mm × 1230mm　　1/32
印　　张：8.75
版　　次：2019年1月第1版
印　　次：2022年1月第3次印刷
书　　号：ISBN 978-7-5380-3014-3
定　　价：30.00元

如出现印装质量问题，请与我社联系。电话：0476-8237455　8225264

在美国白宫的网站上，列有美国儿童文学作家的白宫梦之队，成员仅有三位：一位是写《夏洛的网》的E.B.怀特，一位是写《戴高帽的猫》的苏斯博士，还有一位就是《小木屋的故事》系列小说的作者劳拉·英格斯·怀德。

劳拉·英格斯·怀德出生于1867年2月7日，是家中四个孩子中的老二。根据劳拉的描述，她的父亲是个聪明、乐观却有些鲁莽的人，而她的母亲节俭、温和且有教养。劳拉的姐姐玛丽14岁时因感染猩红热而失明，弟弟9个月大的时候就夭折了。姐弟的不幸和常年艰辛动荡的拓荒生活，让劳拉从一个无忧无虑的小女孩儿迅速成长为一个坚强、勇敢、自立的少女。1882年，她在15岁时就取得了教师资格证。为了能让姐姐玛丽读昂贵的盲人学校，她独自去离家十几公里的乡村小学做教师赚钱养家。在那段时间里，她收获了爱情，大她10岁的农庄男孩儿阿曼乐对劳拉展开了追求。3年后，18岁的劳拉和阿曼乐结为夫妻，后来生下了女儿罗斯。罗斯长大后成为了一名相当出色的新闻作家，而正是在罗斯的鼓励下，老年劳拉开始了对过去拓荒生活的回忆，创作出了《小木屋的故事》系列小说。这套作品可以说就是劳拉大半生的自传，书中的主角劳拉就是真实劳拉的化身。

《小木屋的故事》讲述了19世纪后半叶，女孩儿劳拉和她的家人在美国西部边疆地区拓荒的故事，被誉为一部美国人自强不息的"拓荒百科"。1862年南北战争期间，美国国会颁布了《宅地法案》，规定了拓荒者可以申请获得公有土地，从而揭开了波澜壮阔的美国西部大开拓时代。南北战争结束后，美国各地掀起了到西部拓荒的热潮。在这样的历史背景下，住在美国中部威斯康星州的劳拉一家开始了进军西部、追求美好生活的拓荒历程。劳拉从2岁开始便跟随家庭四处迁徙，在13岁以前，她就已经到过威斯康星州的大森林、堪萨斯州的大草原、明尼苏达州的梅溪边，以及南达科他州的大荒原。劳拉一家住过森林里的小木屋，睡过草原上的地洞，也在静谧的农庄和繁忙的小镇生活过。

《小木屋的故事》一共有9本，其中序曲《大森林里的小木屋》出版于1932年——劳拉65岁之时，主要讲述了她童年时代生活在威斯康星州大森林里的故事。这本书一经出版便获得了出人意料的成功，受到了不同年龄读者的极大欢迎，这也让劳拉意识到自己"拥有一个奇妙的童年"。此后十年，她笔耕不辍，相继出版了《农庄男孩》（1933年）、《草原上的小木屋》（1935年）、《在梅溪边》（1937年）、《在银湖边》（1939年）、《漫长的冬季》（1940年）、《草原小镇》（1941年）、《快乐的金色年代》（1943年）等7部作品，故事一直讲到劳拉恋爱并嫁给阿曼乐。1957年，劳拉在密苏里州的农场去世，享年90岁。她的遗作，反映其新婚生活的手稿——《新婚四年》于1971年由女儿罗斯整理出版，为《小木屋的故事》画上了完美的句号。

劳拉曾在文章中写道："我见识了森林和草原的印第安乡村、边疆小镇、未开发的西部广袤土地，也亲历了人们申领土地拓荒定居的场景。我想我目睹了这一切，并在这一切中生活……我想让现在的孩子们对他们所看到的事物的历史源头及其背后的东西有更多更深的了解，正是这些使美国变成了今天他们所知道的样子。"《小木屋的故事》在历史层面上，已然超越了儿童文学的范畴，吸引了无数读者争相传阅。在劳拉87岁时，《小木屋的故事》系列小说开始被译成多种语言文字，在世界各地发行，每一本都受到了读者的极大欢迎。没有高学历、没有受过严格写作训练、没有华丽文笔的劳拉恐怕没有料到，《小木屋的故事》系列小说从此会成为世界儿童文学经典名著，成为美国文学史上的一块里程碑。迄今为止，它已被改编成各种形式的故事，拍成系列电视剧和多部电影。而作者生活过并在小说中出现的地方——威斯康星州大森林中和堪萨斯州大草原上的小木屋、南达科他州银湖岸边的农庄和德斯密特镇的旧居，都成为了著名的景点，每年迎来成千上万的访客。

从拓荒女孩儿到驰名世界的儿童文学作家，劳拉一生的故事曲折生动。她以细腻的文笔和丰富的情感，把家庭的西部拓荒史、同父母姐妹间的亲情、与阿曼乐之间纯洁美好的爱情，以及个人的少女成长经历，描述得栩栩动人、妙趣横生。《小木屋的故事》系列小说如同一幅幅工笔细描的图画：拓荒者们与大自然搏斗，但又与大自然和谐相处；作品中的日月星辰、风雨冰雪、飞禽走兽、树木花草，无不变幻多姿、充满诗意，即使是破坏力巨大的自然灾变，也别具魅力；拓荒者之间的人际关系是那么单纯、和谐，家庭成员、亲族和朋友间的情感，包括劳拉与阿曼乐的爱情，都是那么真诚、美好，他们甚至对狗、猫、马、牛等家畜也充满了眷顾与柔情。全书涉及自然、探险、动物、亲情、爱情、成长等诸多受青少年喜爱的，或惊险刺激、或温馨感人的元素，即便今天读来也倍感亲切，让人有身临其境之感。

这是一套非常适合家庭阅读和亲子阅读的书籍。通过品读劳拉的成长故事和家庭的拓荒历程，我们可以认识自己与亲人、大自然的亲密关系，可以在生活节奏加快、人际关系疏离、远离大自然的现代社会中，找回温馨的亲情、宝贵的勇气、真实的爱情和朴素的感动。

放眼今天，生活在电子时代的我们很难说就一定比拓荒时的劳拉一家更加幸福。祖辈们用勤劳和勇敢开拓出美好的家园，传递给子孙后代。而当我们享受他们的馈赠时，却忘记了他们是如何久经生活的考验：耕种、打猎、缝衣、筑屋、凿井……劳拉曾说，她创作《小木屋的故事》，是为了"把自己的童年故事讲给现在的孩子听，让他们懂得勇敢、自强、自立、真诚、助人为乐……这些品质不管是在过去还是在现在，都可以帮助我们克服各种艰难困苦"。劳拉的愿望已经成为一代代读者所追求的目标，劳拉的故事已经成为人们成长路上难得的指引与鼓励，温暖了无数大人和孩子的心灵，激励着我们不畏艰辛、勇敢开拓、创造未来。

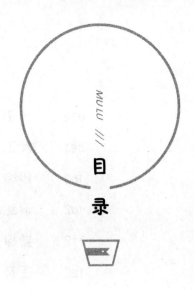

目 录

MULU ///

陌生的访客

一天，劳拉正在洗盘子，老杰克懒懒地趴在门前的台阶上，晒着太阳。忽然，杰克跳起来，冲着门外吼叫着。劳拉赶紧向外张望，一辆轻便的马车，正缓缓从梅溪边的碎石浅滩驶来。

"妈，"劳拉叫喊道，"有位陌生的女士来了。"

妈看着凌乱的房间，叹了一口气，这样的房间怎么能接待客人呢？劳拉也觉得羞愧，但是妈那么虚弱，自己又疲惫不堪，令人伤心的事已经够多了，谁也没有心思收拾房间。

　　猩红热凶猛来袭，妈、玛丽、卡莉和格蕾丝都病倒了，爸和劳拉也疲于应付。没有人能帮助他们，因为湖畔的纳尔逊一家都患上了这种病，医生每天都会过来，爸不知道什么时候才能付清医药费。更糟糕的是，玛丽的眼睛受到严重感染，她已经看不见了。

　　玛丽现在还能出来走走，她身上缠着绷带，偶尔坐在妈的那把老旧摇椅里，安静地坐一个下午。那真是一段难熬的时光，一个礼拜接着一个礼拜，玛丽一开始还能看到一点点，后来能看到的东西越来越少，如今她连最急促地光也感受不到了。玛丽从没有哭过，她一直保持着耐心。

　　因为猩红热病，玛丽失去了美丽的金色长发。爸把她的头剃得像个男孩一样，她的眼睛依然美丽，但是如今只是个摆设。

　　"这么早，来的人会是谁呢？"玛丽侧耳听着越来越近的马蹄声，疑惑地问道。

　　"是个陌生女人，她戴着棕色的太阳帽，赶着棕红色的马。"劳拉回答道。尽管爸叮嘱过劳拉，让她无时无刻地照看着玛丽，但是劳拉还是被来人给吸引了。

　　这个女人会待多久呢？她会不会留下来吃晚饭呢？

妈已经开始操心招待客人的事了，她问道："咱们晚餐吃什么？"

家里只有一些面包、糖浆和土豆，别的什么都没有。现在正是早春时节，没有夏天的蔬菜；奶牛的乳房是干瘪的，母鸡们也还没有开始下蛋；梅溪里的鱼还没有长大，就连野兔也几乎被赶尽杀绝了。

爸不喜欢这样破败、贫瘠的乡村，这两年他一直想去西部找个房子，定居下来。但是妈不愿意再迁居了。家里现在很穷，因为遭遇蝗灾，爸去年只收获了可怜兮兮的两袋粮食，本来就没有盈余，现在又欠了医生一大笔钱。

"我们吃什么，就用什么招待客人。"劳拉坚定地看着妈说。

劳拉和妈站在门口，看着马车停了下来。那个陌生女人下了车，她长得很俊俏，一身棕色的印花衣服十分干净，头上戴着遮阳帽。相比之下，劳拉头发凌乱、衣服破旧，还光着脚，她不禁为自己的邋遢感到羞愧。"多西娅，是你吗？"妈迟疑地问道。

"我还以为你不记得我了呢，"陌生女人说，"一转眼，你们已经离开威斯康星州好多年了。"

原来，她就是多西娅姑姑。很多年前，在威斯康星州的大森林里，她曾穿着扣子像黑莓一样的礼服，来爷爷的房子参加枫糖舞会。

如今，多西娅姑姑已经结婚了，嫁给了一个有两个孩子的鳏夫。她的丈夫是一个包工头，在北方的新铁路线上工作。多西娅姑姑准备自己赶着马车去找他。

她顺路过来看看爸，想让爸和她一起去。她的丈夫——海姑父，想雇个可靠的人做图书管理员、商店管理员和计时员，爸显然是最合适的人选。

她对爸说："跟我走吧，这个工作月薪有五十五美元，另外还提供住的房子。"

爸的眼睛泛着希望的光芒，他转身对妈说："卡洛琳，我去西部，不仅有一处住宅，还能有不菲的收入呢！"

但妈仍然不想去西部，她看了看卡莉，看了看抱着格蕾丝的劳拉，又环顾了一遍厨房，才说："查尔斯，我不知道五十五美元够不够用一个月，我们在这里已经定居了，还有自己的农场，而去西部，却有很多未知数。"

"卡洛琳，你再想一想，"爸有点乞求地说，"到了西部，如果有人愿意在印第安人的领地内转让给我们一个农场，我们就能得到一千零六十公顷的土地。那里的土地一点都不会比这里的差，我们真的应该接受。再说了，在西部能打到更多的猎物，有吃不完的肉。"

劳拉也动了心，她强忍着才没有说出自己的想法。

"可是，现在不是合适的时机，"妈皱着眉头说，"玛丽的身体还很虚弱，她可能应付不了旅途的劳顿。"

"这确实是个问题，"爸转身问多西娅姑姑，"工作的事，可以缓一缓吗？"

"不行，"多西娅姑姑说，"查尔斯，海现在急需人手，如果你不能去，只好找别人做了。"

"这可是个月薪五十五美元的工作啊，"爸用乞求的眼神望着妈说，"另外，还有一处房子。"

妈沉默了好长时间，终于温柔地说道："查尔斯，如果你真的那么想去，就去吧。"

"多西娅，这份工作我要了！"爸兴奋地拍了拍帽子上的灰尘说，"有志者事竟成嘛，我这就去纳尔逊家一趟。"

劳拉太高兴了，根本没法专心做家务。多西娅姑姑一边帮她做，一边和她说一些威斯康星州的趣事。

多西娅姑姑的妹妹鲁比早已结婚了，生了两个儿子和一个漂亮的女儿，女儿的名字叫多莉瓦登；乔治叔叔做了伐木工人，在密西西比河附近工作；亨利叔叔是个大好人，他很宽容，对自己的孩子也很宠爱，他的佣人也是个好人；爷爷和奶奶还住在老房子里，他们本可以买栋新房，但是奶奶觉得，用橡木盖成的老房子，比新房子可结实多了。

劳拉和玛丽住过的小木屋，被转卖了好几次，如今成了一个仓库。当时留守小木屋的黑猫苏珊，现在还住在那里。仓库里有很多肥硕的老鼠，它们都是苏珊的美餐。村子里，每家每户都养着猫，它们都像苏珊一样，长着大大的耳朵和长长的尾巴，是必不可少的捕鼠能手。

爸回来的时候，晚饭已经做好了。他把农场卖给了纳尔逊家族，卖了两百美元。爸对这个价格很满意，他对妈说："卡洛琳，这两百美元就是我们全部的家产了，剩下的东西怎么办呢？"

"我希望，剩下的东西能尽快处理掉……"妈还没说完，爸就接过了话头："我想，我明天早上和多西娅先走，你留下来照顾孩子们，玛丽的身子怎么也得养几个月。纳尔逊答应我，过一段时间帮我们把东西搬到火车站，你和孩子们到那时候再坐火车来找我吧。"

"坐火车？"劳拉、卡莉和妈睁大了眼睛，惊讶地盯着爸。

劳拉是知道火车的，她听说火车很危险，很多人在火车上被抢劫，甚至被杀害。但是劳拉并不害怕，甚至隐隐有点兴奋。卡莉的眼睛睁得圆圆的，尖尖的小脸上露出恐惧的表情。她们见过火车，火车的车头上喷出滚滚黑烟，从平原上呼啸而过。那轰隆隆的呼啸声和充满野性的汽笛声，实在是令人震撼。据说，当火车驶过的时候，如果不拉住马，就算是训练有素的老马，也会受到惊吓而跑掉的。

"放心吧，劳拉和卡莉会帮助我，我们一定能把事情处理好。"妈平静地说。

长大了

　　爸明天一早就要动身，所以一家人有很多工作要做。卡莉和多西娅姑姑帮爸装车，这辆货车虽然很破旧，但是跑短途还可以。爸装好了货车，就把帆布拉下来盖上。劳拉在熨烫衣服，她还得给爸烤路上吃的饼干。

　　不知道什么时候，杰克走了过来，它安静地站在房子和货车之间。杰克已经老了，患上了风湿病，连站着都很困难。它的前额布满了悲伤的皱纹，又短又秃的尾巴，无力地垂着。

"你这个老家伙。"劳拉亲昵地冲着杰克背上说。杰克没有摇尾巴，只是悲伤地望着她。

劳拉弯下腰，抚摸着杰克的背。杰克背上本来光滑的毛，现在已经灰白。它把头靠在劳拉身上，仿佛叹了一口气。

忽然，劳拉理解了杰克。杰克太老了，它不能跟着货车走了。马车即将出发，但是杰克太累了。

"爸，"劳拉大叫起来，"杰克不能走那么远了，我们不能离开它！"

"它不用再跟车了，"爸说，"我在车上给它留个地方。嘿！老伙计，你也想体验一下坐车的感觉吗？"

杰克懂事地摇摇尾巴，把头扭到一边，哪怕是坐车，它也不想去了。

劳拉跪下来抱着杰克，就像小时候一样："杰克，杰克，我们要去西部了，你不想去吗？"

从前，只要爸用帆布盖上货车，杰克就兴奋地又蹦又跳。当马车启动，它就跟在马蹄后，在马车的影子下，一路小跑。从威斯康星州到印第安地区，再到明尼苏达，在漫长的旅途中，杰克趟过小溪，游过河流。每个晚上，当劳拉在车里睡觉时，杰克都在车下守卫。长途跋涉中，就是跑得疲惫不堪，杰克依然十分欢乐，它总是期待着下一次旅行。

现在，杰克只能用鼻子轻轻地碰劳拉的手，让劳拉温柔地抚摸自己。劳拉摸了摸它那灰白的头，捋了捋它的耳朵，她能感觉到杰克已经精疲力尽。

自从猩红热来袭，劳拉就忽视了杰克。也许，杰克因此而感到孤独了吧。

劳拉趴在杰克耳边，轻声说："杰克，我不是故意的。"杰克能理解劳拉，它和劳拉总能相互理解。劳拉小的时候，杰克是最忠诚的伙伴；卡莉小的时候，杰克帮助劳拉照顾卡莉；每一次外出的时候，杰克总是呆在劳拉身边。可以说，杰克和劳拉的感情最深。

这一次，劳拉不知道怎么向杰克解释，她必须跟爸走，而且不久以后，还要坐着火车离开。这个下午，劳拉总是抽空对杰克说："杰克，好样的！"晚上，劳拉给杰克准备了丰盛的晚餐，还给它铺了床。

劳拉睡在阁楼上，杰克爬不上去，只好睡在门后的旧毯子上，它在这里已经睡了五年。这张旧毯子，就是杰克的床，劳拉总是把它弄得干净清爽，然而最近她忘了给杰克铺床。杰克只好自己铺床，但是旧毯子又皱又硬，杰克总是铺不好。

劳拉把毯子抖开，把杰克的床弄得舒舒服服的，杰克一直盯着劳拉看，摇着尾巴，很高兴的样子。劳拉在毯子上弄了一个舒服的圆窝，然后拍了拍毯子，示意杰克可以睡觉了。杰克踏进圆窝，转了一圈，停下来歇歇，又转了一圈，一直转了三圈。小时候，当杰克还在小木屋的时候，每个晚上，它都会这样转三圈；野营的时候，它在马车下面，也会这样转三圈。这是所有狗都会的动作。

当杰克转到第三圈的时候，它累了，伴随着碰撞声和叹息声，蜷缩成一团，抬起头，眼巴巴地望着劳拉。

劳拉抚摸着杰克的头，心想："杰克多好啊，只要它在，什么都不用怕，不用怕狼，也不用怕印第安人。"许多个夜晚，是杰克帮她把牛群赶回来；在梅溪边，杰克追着凶猛的老蟹，玩得多开心呀；上学的时候，杰克总是痴痴地在梅溪的浅滩边等她回来。

劳拉轻声对杰克说："你是一条好狗。"杰克扭头舔了舔她的手，又把鼻子伸到两个爪子之间，闭着眼睛叹息，它困了。

第二天清晨，爸起来干活，他想叫醒杰克，但是杰克一动不动。

杰克蜷缩在毯子上，身子僵硬、冰凉。

劳拉一家把杰克埋在麦田上面的小坡上，它生前和劳拉赶牛群时，经常经过这里，旁边的那条小路上，留下了很多它欢快跑过的身影。爸把杰克的坟头铲得平平的，来年，杰克的坟上会长满青草。它再也不能闻到早晨的空气了；再也不会竖起耳朵，欢快地跳过矮草丛了；再也不会用鼻子去碰劳拉，让她抚摸自己了。劳拉一想到自己曾拒绝抚摸过它，就忍不住掉下眼泪。

"不要哭，劳拉。"爸说，"杰克上了天堂。"

"它真去天堂了吗，爸？"劳拉问道。

"好狗会有好报的，劳拉。"爸说。

或许，杰克正在天堂里快乐地狩猎，它迎着风奔跑在大草原上，就像它在印第安地区美丽的荒原上奔跑一样。最终，它可能会逮到一只长耳朵、长腿的兔子，以前，它总想逮到这样一只野兔，可惜一直未能如愿。

那天早上，爸驾驶着"嘎吱嘎吱"作响的旧货车，跟在多西娅姑姑的马车后面走了。劳拉目送爸远去，这一次，杰克没有站在她身边。它再也不会用它那双会说话的眼睛对爸说，它会照顾劳拉的。

　　爸和杰克走了，妈要照顾玛丽和妹妹们，劳拉虽然个头不高，但是也有十三岁了，她明白以后就要自己照顾自己了。能照顾自己，就说明已经长大成人了。劳拉知道，她不仅要照顾自己，还得让玛丽、妈和妹妹们坐火车安全地抵达西部。

奇妙的火车之旅

　　劳拉不敢相信，她们真的要去坐火车了。经过一周又一周，一个月又一个月，漫长的等待终于要结束了。属于梅溪的一切还历历在目，清澈的溪水，温暖的房子，数不尽的斜坡和无边的田地，这些熟悉的景象都将成为回忆。在梅溪边的最后几天里，她们没完没了地打扫、擦洗、洗衣服、熨衣服、打包，然后是彻底地洗浴和精心地打扮。在这个周末的早晨，她们终于干净利索地坐到了候车室的长凳上，等待妈买票回来。

再过一小时，她们就该上车了。

劳拉负责照看格蕾丝和两个背包，背包放在洒满阳光的站台上，格蕾丝则安静地坐着。格蕾丝戴着软帽，穿着干净的亚麻布小裙子，脚从裙子里伸出来，穿着一双小新鞋。售票口，妈打开钱包，小心地数出车票钱。

九月的天空中飘着朵朵白云，劳拉的同学都在上课，她们知道劳拉将坐着火车离开这里。火车票很贵，坐大篷车则是完全免费的。如果在这样的早晨，坐着大篷车，行走在陌生的路上，一定会很惬意吧。火车比马车快多了，就因为太快，所以容易出事，你永远猜不到会出现什么奇怪的事。

妈把车票小心地放进钱包，走了回来，抱起格蕾丝，又坐下来。妈戴着黑麦草帽，草帽上有一个窄窄的帽檐，旁边还插着一朵洁白的百合花；穿着黑色的毛棉布裙，衣领和袖口都有白色的花边，看起来漂亮极了。

怕错过火车，她们提前一个小时就到了，现在她们只能等待。

劳拉开始整理自己的裙子。她的帽顶上缠着一圈红丝带，一头长发披散在背上，系着棕色的穗带，发梢也用红色的丝带打了个蝴蝶结。她穿着棕色的棉布裙，裙子上点缀着红色的小花。

玛丽则戴着宽沿的草帽，帽子上系着蓝色的丝带，帽子下面，一头短发用蓝丝带盘起，穿着印有蓝色小花的灰棉布裙。玛丽那双美丽的蓝眼睛，还是什么都看不见，但是她还不忘提醒卡莉："别乱动，别弄乱了你的裙子。"

卡莉坐得离玛丽较远。她又瘦又小，帽子上缠着粉红色的丝带，头发上扎着棕色的穗带，穿着粉红色的棉布裙，因为被玛丽抓住了错误，她脸红了。劳拉伸出脖子看了看卡莉，她刚想说话，就被玛丽抓了现行，玛丽笑着说："妈，劳拉也在动，你看看她。"

"是的，她确实在动。"妈说。玛丽得意地笑了笑。

劳拉有点羞愧，不由得生起玛丽的气来。她一声不吭地站起来，从妈的面前走过。妈提醒她："注意点，劳拉。"劳拉说："是的，妈。是的，玛丽。"说完就坐到卡莉身边去了。卡莉虽然嘴里不说，但是心里还是害怕坐火车的，劳拉知道卡莉的心思。卡莉的两边分别坐着劳拉和玛丽，这让她感觉安全多了。

"妈，"卡莉小声问，"爸一定会来接我们的，对吗？"

"是的，"妈说，"他已经出发了。他从营地驾车过来，需要一天的时间，我们在翠西镇等他。"

"哦，他，他晚上之前能赶到那儿吗？"

妈说，她希望如此。

大家心里对坐火车都有一点担心，劳拉想岔开话题，她说："也许爸已经选好了我们的放领地，我们来猜猜它是什么样子的。卡莉你先猜，我后猜。"

大家的心思都在火车上，对劳拉的话题不太热心。终于，玛丽说她听到火车的声音了，接着劳拉也听到了，那是遥远的、微弱的嗡嗡声。劳拉的心狂跳起来，根本听不清妈在说什么。

妈一手抱着格蕾丝，一手紧紧握住卡莉的手，冲着劳拉说："劳拉，你跟在我和玛丽的后面，一定要小心。"

她们靠着行李，站在站台上，火车轰隆隆的声音越来越近。妈得照看妹妹们，劳拉不知道怎么把行李搬上车。火车头圆圆的前窗，在阳光下闪闪发光，像一只巨大的眼睛。火车顶上有一个大烟囱，冒出滚滚黑烟。接着，一阵白烟从黑烟中冲出来，随着汽笛长鸣，火车直直地向她们冲过来。火车越来越大，震耳欲聋的吼叫声，让所有东西都颤抖起来。

惊险的一刻过去了，火车没有撞到她们。伴随着碰撞声和巨响声，车轮终于停了下来。她们该上车了。

"劳拉，你和玛丽要小心。"妈大叫着。"好的，妈，我们会小心的。"劳拉答应着。她紧紧地牵着玛丽，跟在妈的裙子后面。妈停了下来，劳拉和玛丽也停了下来。

一个穿黑色套装戴帽子的陌生人，帮助妈和格蕾丝登上最后一节车厢。"真是个漂亮的宝贝！"陌生人说。他又把卡莉举到妈的身边，然后又说："夫人，这些行李也是您的吗？"

"是的，麻烦您了。"妈说，"劳拉、玛丽，快上来。"

陌生人热情地提起行李挤上车，用肩膀撞开了车厢的门。劳拉小心翼翼地扶着玛丽，跟在他的身后。她们从坐满人的红丝绒座位中间穿过，车的两边都是装着硬玻璃的窗户，阳光洒满了车厢，使火车内和外面一样亮堂。妈找到了座位坐下来，她把格蕾丝放在自己的膝盖上，让劳拉和玛丽坐在自己的对面。

红丝绒的座位带有弹性，劳拉想在上面蹦一蹦，但是她必须遵守规矩。她俯在玛丽耳边小声说："玛丽，座位是红丝绒的。"

"我看看，"玛丽用手摸了摸座位问，"我们的前面是什么？"

"是前排乘客的靠背,高高的,也是红丝绒的。"劳拉回答。

忽然,火车的汽笛声又响了起来,劳拉和玛丽都被吓了一跳。火车就要开动了,劳拉转身趴在靠背上看妈。妈看上去很平静,戴着那顶别着白花的帽子,显得那么漂亮。

"妈,刚才那个人是谁?"劳拉问。

"是火车的刹车手,"妈说,"快坐好!"

火车忽然猛地一动,把妈震得往后一靠。劳拉的下巴也在靠背上磕了一下,帽子从头上滑落了。接着,火车又动了一下,这次没有上次那么强烈了,随后车身颤抖起来,站台慢慢往后移动了。

卡莉大叫:"火车开了!"

火车的抖动越来越快,声音也越来越响。车轮有节奏地发出"咔嚓咔嚓"的声音,越转越快。站台、木材场、教堂、学校,都匆忙地往后退,渐渐消失了,这就是小镇留给劳拉最后的印象。

伴随着车轮的咔嚓声,车厢有节奏地晃动着,窗外的一根电报线,忽高忽低地飘着。其实,电报线没有动,它只是一段高一段低而已,是火车在动。只是在火车里的人看来,好像自己没动,是电报线在动。电线被电线杆上的绿色玻璃球把手紧紧扯住，把手在阳光下闪闪发光。车顶的烟囱又开始冒黑烟，把玻璃球把手都熏黑了。电线后面，是大片的草地和田野，许多农舍和牲口棚点缀其间。

火车一个小时就跑了二十英里，这是马车一天的路程。窗外的景物快速地往后退，劳拉根本看不清它们。

一个高个子打开了车厢门，他穿着蓝色的制服，配上黄铜纽扣，戴着一顶帽子，帽子上有几个字母。他挨个向乘客收票，用手里的打孔机给票打上圆孔。妈给了他三张票，卡莉和格蕾丝年纪小，不用买票。高个子过去了，劳拉低声对玛丽说："嗨，玛丽，那个人的衣服上有闪闪发光的铜纽扣，他的帽子上还写着'列车长'三个字。"

"他的声音是从上面飘下来的，"玛丽说，"所以，我知道他的个头很高。"

劳拉想告诉玛丽火车有多快，她尽量描述着："电线在电线杆之间，垂下去，又飘上来，电线杆过去得真快，一个，两个，三个……"

"我知道有多快，我能感觉到。"玛丽兴奋地说。

当玛丽失去视力的时候，爸给劳拉下达了一个任务，他让劳拉成为玛丽的眼睛。爸说："要成为玛丽的眼睛，你的眼睛和舌头都必须快。"劳拉郑重地接受了这个任务。

劳拉尽职地做玛丽的眼睛，需要玛丽开口问的事很少。

"劳拉，你看看窗户，大声描述一下。"玛丽说。

"车厢的两侧都是窗户，我们离窗户很近。每个窗户上都有一块大玻璃，窗户之间的木头特别精致，像玻璃一样闪闪发光。"劳拉说。

玛丽伸手摸了摸窗户，又摸了摸木头，说："我看见了，确实很精致。"

阳光照进车厢，来回晃动着，洒在红丝绒座位上和乘客的身上，洒在车厢的每个角落里。车厢的天花板是木质的，天花板的中央有一块小巧的长方形玻璃，透过它，可以看到湛蓝的天空。两侧的窗户外面，不时有村庄闪过，收割过的农田是黄色的，牲口棚旁有干草堆，树丛里的小树，有的是黄色的，有的是红色的。

劳拉继续给玛丽描述："我们来看看人，我们的前面坐着一位男士，他留着连鬓胡子，头顶秃了，正在专心读报，没看窗外；再往前一排，有两个年轻的小伙子，他们正在研究一张白色的地图，边看边讨论，我猜他们也是去找放领地的，他们的手掌布满了老茧，一看就是干活的好手；再往前有一位满头金发的女士，戴着亮红色的丝绒帽，哦，玛丽！帽子上还别着一朵粉红色的玫瑰花。"

　　有人从她们身边经过，劳拉抬头看了看，说："这个人很瘦，眉毛浓密，八字须很长，喉结突出。火车摇晃得厉害，他只能弯着腰前行。哦，他走到了车厢尾部，拧了一下墙上的把手，水流了出来。"

　　"他用小锡杯接水，他正在喝水，喉结上下迅速地动着。他又把水杯装满，放在一个小架子上，回来了。那个把手里能拧出水，玛丽，这是怎么回事？"

　　劳拉也想去接一杯水，她征得了妈的同意，就出发了。

　　车厢摇摇晃晃，得扶着座位的靠背才能前行。走到车厢的末端，劳拉发现了闪闪发光的把手和水龙头。水龙头下面有个小架子，架子上摆着明亮的锡杯。她拧了一下把手，水龙头里就流出了水；拧回去把手，水就停了下来。架子下面有一个小洞，溅出去的水都从这个小洞流走了。一切都那么整洁、奇妙，劳拉从没见过这种东西，她想多玩一会儿，但是那样太浪费水了。于是，她喝完水后，又接了半杯水带回去给妈。

　　卡莉和格蕾丝喝足了水，妈和玛丽不渴，劳拉就把空杯子送了回去。这一次，劳拉走得很平稳，不需要扶靠背了，像一个经常坐火车的乘客。

　　一个小男孩走了过来，他挎着一个篮子，不断地给大家看篮子里的东西。有人从篮子里拿了东西，并把钱递给男孩。当他走到劳拉身边时，劳拉看到，篮子里装着的是几盒糖果和长条的白色口香糖。男孩把篮子展示给妈看，说："又香又甜的糖果和口香糖。"

妈摇了摇头，小男孩掏出五颜六色的糖果，举给妈看。卡莉忽然呼吸急促起来。

男孩又掏出一盒糖果，摇了摇。那是多么漂亮的圣诞糖果呀！有红的，有黄的，还有红白相间的。"只需十美分，夫人。"男孩说。

劳拉和玛丽知道，妈是不可能给她们买糖果的，她们只能看看。不料，妈打开了钱包，数出一个五美分和五个一美分的硬币，放在男孩手里，然后把那盒糖果递给了卡莉。

男孩走了，妈自我安慰地说："这盒糖果，就算我们庆祝第一次坐火车吧！"

妈看了看睡熟的格蕾丝，说："糖果不适合小孩吃。"她自己拿了一小块糖，把剩下的糖果都分给了卡莉、玛丽和劳拉。她们每个人分了两块糖果，她们本打算今天吃一块，明天再吃一块，但是劳拉很快就改变了主意，她把第二块糖也吃了。接着，卡莉和玛丽也吃了第二块糖。

汽笛又响了起来，火车渐渐慢了下来，经过一所简陋的小木屋后，人们都开始收拾行李。随着一阵剧烈的摇晃，火车停了下来。时间已经到了中午，她们来到了翠西镇。

妈说："吃了那些糖果，不知道你们还想不想吃午饭。"

卡莉担心地说："妈，我们可没带午饭呀。"

"我们去旅馆吃，走吧，劳拉，你和玛丽要小心点。"妈说。

到达旅馆

列车员又一次帮忙把行李搬了下来，放在站台上，他对妈说："太太，如果您能等我一会儿，我可以带你们去旅馆，因为我也要去那儿。"

列车员帮忙把火车头卸了下来，一个脸又红又脏的司炉工猛地拉响汽笛，火车头吭哧吭哧地自己开动起来。走了一会儿，火车头停了下来，忽然火车头前面的铁轨和枕木向左移动了，铁轨转了一个弧度，接上了另一段铁路，火车头顺着铁轨开上另一条铁路，车头正好调转了方向。

劳拉看着眼前的一切，她太吃惊了，简直不敢相信自己的眼睛，更加不知道如何向玛丽描述。火车头咣当咣当地喷着蒸汽，在列车旁边的轨道往回开，停在了稍远的地方。车铃响了起来，有人大声地叫喊起来，使劲挥舞手臂，火车头开始往回倒，"砰"的一声，火车头接在了列车的尾部。现在，整列车都朝向东方了。

卡莉惊讶地张大了嘴，列车员笑着向她解释："这儿是铁路的终点，我们得给列车转个方向，这样它才能返回。"

劳拉知道列车需要调头，但她不知道原来是这样调头的。爸曾说这是一个精彩的时代，劳拉现在有点明白爸的话了。火车只用了一个早上，就走完了马车一个礼拜的路程，现在它要调头，用一个下午的时间返回。果然如爸所说，这是一个充满奇迹的时代。

铁路工人驾驶着巨大的车头飞速前进，还拖着长长的车厢，还有比这更美妙的事吗？有一阵儿，劳拉多希望爸就是铁路工人呀！转念一想，也不是所有铁路工人都比爸好，爸还是不要变成别人了，爸就是爸。

一列火车停在火车站远方的铁轨上，一群工人正在把车厢里的货物装到马车上去。他们突然停了下来，跳下马

车，一些人开始大喊大叫。一个年轻人大声唱起颂歌，但
是他改了歌词，他这样唱：

> 在不远处，
>
> 有一个宿舍，
>
> 那里有炸火腿和煎鸡蛋，
>
> 一日三餐都是这样。
>
> 啊！搬运工们欢呼吧！
>
> 晚餐的钟声响起，
>
> 啊！鸡蛋是多么美味！
>
> 一日三餐……

　　年轻人一直唱着，很多人也跟着唱了起来，这歌词多
么奇怪呀！妈牵着卡莉的手，静悄悄地从他们身边经过。
他们看到了妈，停下了歌声。列车员有点尴尬，对妈说：
"太太，走快点吧，午餐的钟声已经响了。"
　　这家旅馆坐落在一条很短的小街上，前面是几家店
铺和一块空地，人行道上竖着一个牌子，牌子上写着"旅
馆"。牌子下面，一个工人正在敲打手里的钟。钟声招来

了很多工人，工人的靴子踩过灰突突的街道和人行道，发出嘈杂的声响。

"啊，劳拉，这些声响是钟发出的吗？"玛丽紧张地问。

"不是，"劳拉回答说，"这只是个小镇，看起来还不错，周围都是工人。"

"听起来，他们很粗犷。"玛丽说。

"我们到旅馆的大门了。"劳拉说。

列车员把她们领进门，放下了行李。旅馆的地板很脏，四面墙上都贴着棕色的纸。一面墙上挂着一幅挂历，挂历上有一幅闪闪发亮的画，画的是一个女孩站在金灿灿的麦田里。人们急匆匆地穿过一扇门，走向远处的一间大房子。那间房子里有一个长桌，桌子上铺着白色的餐布。

敲钟人把行李搬到了桌子后面，对妈说："太太，您的房间已经准备好了，洗漱一下，就过来吃饭吧。"

洗脸台在一个小房间里，台子上放着一个巨大的瓷盆，瓷盆里面有一个大瓷水罐。妈先浸湿了一条手帕，给卡莉和格蕾丝擦了擦手和脸，然后自己也洗了洗。妈把盆里的脏水倒在旁边的木桶里，又从瓷罐里倒了一些清水，让玛丽和劳拉洗脸。清凉的冷水，洗掉脸上的油腻，让人倍感清爽，盆里的水马上就黑了。瓷罐里的水不多，每个人只能分一点儿，一下就用完了。所有人都洗漱完毕后，妈把瓷罐放回盆里。墙上有一条毛巾，毛巾缠在一根木棍上，两头是缝在一起的，取不下来，只能连轴转。她们每个人都用毛巾干燥的部分擦了擦脸。

该去吃饭了，劳拉心里有点打鼓，面对那么多陌生人吃饭，多么难为情啊！劳拉知道妈也是这样。

"你们看上去又干净又漂亮，"妈说，"现在要注意自己的一举一动。"说着，妈抱起格蕾丝走在最前面，卡莉其次，劳拉领着玛丽走在最后。当她们走进餐厅时，嘈杂的吞咽声突然安静下来，但没有人抬头看她们。妈终于找到了空位，她们在长桌一边坐成一排。

白色的餐布上放着很多罩子，厚厚的罩子像是蜂窝，苍蝇围着罩子"嗡嗡"地飞，但是它们钻不进去。罩子下面放着食物，有一盘肉或者一碟蔬菜，一盆盆的面包、黄油和腌菜，还有罐装的糖浆、奶油和碗装的糖。每个人都有一个小盘子，里面有一大块馅饼。

人们都很和善，他们不断传过来食物，还有一个女孩给妈送来一杯咖啡。当妈轻声说"谢谢"的时候，他们都说："别客气，太太。"大家说话都轻声细语的。

劳拉把肉切成小块，递给玛丽，还给她的面包抹上黄油。玛丽的手还是那么灵巧，她娴熟地使用刀叉，一点都没让食物掉出盘子。

每个人为这顿午饭花了二十五美分，她们本想多吃一点儿，可惜的是，因为太兴奋了，吃得都不多，望着丰富的食物，却没有胃口。没过多久，工人们吃完了馅饼，陆续离开了餐厅。那个端着咖啡的女孩开始收拾餐桌，她把盘子摞在一起，送到厨房。这个女孩体型较大，脸颊宽宽的，头发黄黄的，看起来很善良。

女孩边干活边和妈聊了起来："你们要去放领地？"

"是的。"

"你先生在铁路上工作？"

"对，他下午就来接我们。"

"我就说嘛，大多数人都是春天来，你们却是这时来。您的一个女儿瞎了？真是太不幸了。哦，对了，如果你们想休息，可以去办公室对面的休息室，可以在那里等你先生。"

休息室里有一块地毯，墙上贴着花纸，椅子上有长绒毛坐垫。妈歪倒在摇椅里，长舒了一口气。

"格蕾丝越来越重了，孩子们，坐下，安静一会儿。"

　　劳拉和玛丽并排坐在沙发上，卡莉爬到了妈旁边的大椅子上，她们都很安静，不一会儿，格蕾丝就进入了梦乡。

　　休息室的中间有一张桌子，桌子上有个台灯，台灯的底座是古铜色的。桌子腿的底部弯曲着，上面有玻璃的雕饰。窗帘是蕾丝边的，透过两条窗帘中间的缝隙，劳拉能看到窗外的大草原。一条大路横贯草原，一直通向远方。爸可能从那条路上来，如果是这样，他们的新家可能在这条路沿途的某个地方。

　　无论是什么地方，劳拉都不想长期停留。她希望一直行走，直到天涯海角。

　　她们在休息室等了一个下午，这期间，卡莉睡了一会儿，甚至连妈都打了个盹。在太阳即将落山的时候，路上走来一队人马，一开始只是个小黑点，慢慢变得清晰起来，那是爸的马车。她们趴在窗边，兴奋得差点叫出来。

　　因为这里是旅馆，她们不能冒失地跑出去。不一会儿，爸就走了进来，他说："孩子们，你们终于来了！"

爸的营区

第二天一早，劳拉一家就坐着马车出发了。爸、妈和格蕾丝坐在前排的弹簧椅上，格蕾丝坐在中间；劳拉、玛丽和卡莉坐在车厢里的一块横木板上，玛丽坐在中间。

虽然火车更豪华快捷，但是劳拉更偏爱马车。马车的篷子一直打开着，头顶就是整片的蓝天。马车慢慢行走着，让他们可以充分欣赏沿途的景色。周围是一大片草原，草原上散布着一处处农庄。一路上，只有"哒哒"的马蹄声和"嘎吱嘎吱"的车身发出的声响伴随着他们。他们不时说一会儿话。

海姑父已经完成了合同中的第一个工程，现在正赶去更西边的新营区。爸说："工人们都搬走了，只剩下杜西亚一家和一些赶马的人。过几天，他们要拆了木棚，把木材也运走。"

"我们也要跟着搬走吗？"妈问。

"对，我们也去。"爸说。爸还没申请到放领地，他想到更西边的地方试试。

马车沿着笔直的大路前行，路边不时出现新翻起来的泥土，那是要修铁路路基。路旁的田野和房子与家乡的差不多，只是更小更新。劳拉没有发现太多值得给玛丽说的趣事。

坐马车的新鲜感渐渐消失了，时间开始变得难熬。车身发出的嘎吱嘎吱的声音，单调沉闷。马车太颠簸，尤其是木板的两端，把卡莉的小脸颠得煞白，但是她只能坐在那里，因为玛丽必须坐在中间。

太阳终于升起来了，爸把马车停在一条小溪旁。大家下了马车，面对潺潺溪水，感觉好多了。妈在热烘烘的草地上铺了一块布，再把午饭摆在布上。午饭有面包、黄油和嫩嫩的水煮鸡蛋，鸡蛋可以蘸着胡椒粉和盐吃。马儿们来到车尾，它们的午饭是饲料箱里的燕麦。

吃完午饭，劳拉和妈捡起鸡蛋壳和纸屑，把草地清理干净。爸把马牵到溪边，让马喝水。不一会儿，爸又把马牵 了回来，套上马车，喊道："上车啦！"

劳拉和卡莉想走一会儿，但是没有说出来。失明的玛丽抓不住车，她们不能把玛丽独自扔在马车上。劳拉和卡莉把玛丽扶上车，分别坐在玛丽的两旁。

下午比上午还要难熬，劳拉不禁唠叨起来："我想我们是往地狱赶！"

"劳拉，我们是往西部去。"爸平静地说。

"你没弄懂我的意思。"劳拉说。

"等到了地方，你就知道了！"爸说。

卡莉叹了一口气，说："我累了。"忽然觉得不妥，赶紧提起精神，又说："其实也没那么累。"

她们从没经历过这么长途的颠簸，以前，从梅溪到镇上的路也很颠簸，但是那毕竟只有两英里半。一整天的颠簸实在是累人。天黑了，寒风刺骨，马儿依然不紧不慢地走着，车身仍然"嘎吱嘎吱"响着，要不是一直颠簸着，劳拉她们可能早就睡着了。他们沉默了很长时间，爸忽然说:"前面有灯光,我们快到了。"

空旷的荒野中,夜空中的星星显得很大,然而星光却是寒冷的。如豆的灯光隐隐闪烁在夜里,虽然微小,却很温暖。

"玛丽,一点橘黄的灯光,在前方闪烁着,好像在招呼我们。"劳拉说,"那里有房子,那里有人居住。"

"还有晚餐,"玛丽接着说,"多西娅姑姑一定给我们准备了热乎乎的晚餐。"

渐渐地,灯光变得越来越大,好像从圆形的窗户里透出来,再走近一些,又变成了方形。

"现在还不能确定窗户的形状,"劳拉说,"灯光从一个狭长低矮的房子里发出来,周围隐约还有两处房子,再就看不见别的东西了。"

"营区里只有这些。"爸说。接着他拉住缰绳,吆喝道:"吁!"

马车停了下来。门廊上的灯亮了,多西娅姑姑打开门喊道:"卡洛琳,孩子们,快来!查尔斯,收拾好马车,赶紧过来吃饭,晚饭已经做好了!"

劳拉快冻僵了,卡莉和玛丽也好不到哪去,所有人都有点疲惫,不停地打着哈欠。在这间狭长的房间里,一条长餐桌上点着一支蜡烛，烛光照亮了整个餐桌，餐桌两侧摆着长条凳子，周围的墙面斑斑驳驳。屋里很暖和，炉子上还有香喷喷的食物。多西娅姑姑对着自己的两个孩子说："莉娜，简恩，还不快向姐姐妹妹们问好？"

"你好。"莉娜说。劳拉、玛丽和卡莉异口同声地回答："你好。"

简恩是个十一岁的小男孩，莉娜比简恩大一点。莉娜有一双黑色眼睛，一头黝黑发亮的卷发，她的刘海是短短的卷发，头顶是大波浪卷发，辫梢是小圆卷发，看起来很漂亮。劳拉马上就喜欢上了她。

"你喜欢骑马吗？"莉娜问劳拉。

"我们有两匹小黑马。简恩太小，还不能骑马，我就不同了，我经常骑在马背上，我还会赶马车呢！明天我就赶着马车去取洗完的衣服，你想和我一起去吗？"

"当然想去，"劳拉说，"但是要妈答应了，我才能去。"劳拉觉得很疲卷，她不想说话，也不想吃饭。

海姑父胖胖的，很随和。多西娅姑姑说起话来像开机关枪，海姑父提醒她慢一点，多西娅姑姑反而变本加厉。多西娅姑姑有点生气，因为海姑父忙了一个夏天，最后却没赚下什么钱。

多西娅姑姑抱怨道:"他和工人们一起在铁路上工作,像个机器人一样干了一个夏天。我们勤俭节约,我们任劳任怨,结果呢,我们得到了什么?铁路公司竟然说我们欠他们的钱,还要我们接受另外一个项目,而海居然答应了!天呐,你看他都干了什么,他居然接下了那个工程!"

海姑父不想争论,他没有说话。劳拉努力睁开眼睛,但是强烈的困意让她身不由己,她像小鸡啄米一样打起盹来。好不容易吃完了晚饭,劳拉下意识地去收拾餐具,多西娅姑姑拦住了她,让她跟着莉娜去睡觉。

多西娅姑姑的床不够用,劳拉和莉娜只能去帐篷办公室里睡觉,简恩要去和工棚里的工人一起睡觉。

外面又黑又冷,空荡荡的。帐篷办公室笼罩在一片星光中,从这里看过去,亮着灯的小屋显得很远。

圆锥形的帐篷里铺着干草,干草上有一块毯子,除此之外,什么都没有。劳拉突然觉得孤独和迷茫,哪怕是睡在马车里,也好过睡在这里呀。此刻,她多想和爸妈呆在一起。

莉娜很喜欢这里,她觉得在这里睡觉很好玩,她立刻扑倒在毯子上。劳拉快睁不开眼睛了,她问:"咱们不脱衣服就睡觉吗?"

"不用了，否则明早还得穿上，再说了，这里又没有被子。"莉娜说。

劳拉顾不上多想，躺在毯子上，不一会儿就睡着了。忽然，外面传来了刺耳的号叫声，不像狼叫，也不像印第安人的吼叫，劳拉一下惊醒了，捂着突突跳的胸口。

"别吓唬我们了！"莉娜叫起来。她跟劳拉说："是简恩在叫，他在吓唬我们。"

简恩又开始叫了，莉娜大声吼道："快滚开，小屁孩儿！我连森林里的猫头鹰都不怕，会怕你吗？"

"是的。"简恩回应了一声，回去了。劳拉放松下来，很快又睡着了。

驾车和骑小黑马

阳光透过帐篷顶，照在劳拉脸上，把劳拉弄醒了。劳拉和莉娜几乎同时睁开了眼睛，她们相互看了看，忍不住哈哈大笑起来。

"赶紧的，我们还要洗漱呢！"莉娜兴奋地又跳又唱。

因为昨晚睡觉没脱衣服，所以早上起来就省事了，把毯子折一下，就算收拾好卧室了。她们两人蹦蹦跳跳地跑进微风习习的清晨里。

小小的工棚，伫立在辽阔的天空下。工棚的东边是铁路，西边是来时的马路，再往西是草丛，黄褐色的草絮在空中飞舞。工人们忙着拆工棚，微风吹过草丛，一个监工正在草丛中划线。两匹小黑马在悠闲地吃草，脖子上的鬃毛随着微风起起伏伏。

"快点，劳拉！"莉娜边跑边说，"我们先去吃早饭。"

所有人都在餐桌旁坐好了，多西娅姑姑还在煎薄饼。

当劳拉从多西娅姑姑身边走过的时候，多西娅姑姑拍了她一下，笑着说："真是个小懒虫，快去洗漱，把头发梳好再来吃饭，真是大小姐！"看起来，多西娅姑姑的心情不错，像海姑父一样好脾气。

早餐气氛很欢乐，爸不时发出爽朗的笑声，不过，吃完饭就得刷盘子，这可不是轻松的活儿。

对于莉娜来说，这点碟子根本不算事儿。以前，她每天都要刷四十六个工人的盘子，一日三餐都要刷，不仅如此，还要给他们做饭。莉娜和多西娅姑姑，从早忙到晚，连坐下来休息一会儿的时间都没有。就算是这样，她们仍然忙不过来，不得不雇了一个洗碗工。洗碗工是一个拓荒者的妻子，她的住处在二英里以外，她每天来回要赶着马车走四英里。劳拉这才知道，原来世界上还有洗碗工这个职业。

收拾完餐具，劳拉要和莉娜驾马车出门。她先帮莉娜把马具搬到马车旁，再把两匹温顺的矮种马牵过来，给马套上马具，然后把马具和马车连接起来。总算是套好了马车，她们俩跳上马车，莉娜抓过了缰绳。

劳拉没有架过马车，因为爸担心她力气小，抓不住缰绳。

莉娜抖了一下缰绳，两匹小马就欢快地小跑起来，车轮也跟着转起来。空气清凉，微风阵阵，鸟儿叽叽喳喳地唱着歌儿，不时钻进草丛又钻出来。马车越跑越快，她们俩洒下一路欢声笑语。

马儿打了个响鼻，忽然狂奔起来。

马车越来越快，几乎要把劳拉从座位上抛起来。劳拉的帽子飞了起来，帽穗还紧紧地卡在脖子上，让她透不过气来。她紧紧抓住马车的两边，防止自己也飞出去。马儿低着头狂奔，仿佛要用尽全力。

"它们疯了，简直是在疯跑！"劳拉大喊着。

"让它们跑吧，这里是草原，撞不到什么东西。"莉娜一边大声回答，一边继续鞭打马儿，"驾！驾！驾！哈哈！"

马儿的黑色鬃毛和马尾，被风吹成了直线，马蹄重重
凿着地面，狂奔在草原上的马儿，就像在深海中畅游的鱼
儿。周围的一切都急速往后退，什么都看不清，莉娜纵情
高歌：

> 我认识一个帅小伙，
>
> 警惕呀！警惕！
>
> 他多么乐于助人，
>
> 要看清啊！要小心！

劳拉从没听过这首歌，但是也忍不住跟着旋律唱了
起来。

> 小心，可爱的女孩，他在欺骗你！
>
> 小心啊！小心！
>
> 注意点，注意点！

"哈哈，驾！驾！"她们一路欢歌，一路欢笑，马儿
的速度达到了极限。莉娜接着唱：

我不要嫁给农民，

他们只会刨土。

我要嫁给铁路工人，

他穿着条纹衬衫！

啊，铁路工人，铁路工人，

一个属于我的铁路工人！

我要嫁给铁路工人，

我要做铁路工人的新娘！

"让它们跑慢点吧。"莉娜说着，收紧了缰绳，马儿开始放慢脚步，一切都安静下来。

劳拉说："我多想驾车呀，可惜爸不许。"

这时，马儿又打起了响鼻，随着一声嘶叫，又狂奔起来。

"回来的时候，你驾车！"莉娜说。她们又唱又叫，奔驰在辽阔的草原上。莉娜不时让马儿休息一会儿，接着就继续狂奔。不一会儿，她们就到达了目的地。

这是一间农民的小屋，还没有附近的谷仓大，房顶只有一面斜坡，远看还以为是半间房子呢。工人们正在谷仓里打麦子，轰隆隆的机器声不断传来。拓荒者的妻子走了过来，手里吃力地提着一个篮子，篮子里都是洗过的衣服。阳光把她的脸和手臂晒成了棕红色，像皮革。她的头发乱糟糟的，衣服也褪色了，脏兮兮的。

她有点惭愧地说："请原谅我这副打扮，昨天忙我女儿的婚礼，今天又要打麦子。我从天刚亮就开始忙活，事情太多了，女儿走了，没人能帮我。"

"莉琪嫁人了？"莉娜问。

"是的，莉琪昨天就结婚了，"她自豪地说，"她十三岁了，她爸觉得她还太小，可我不这么看，早嫁早了事，我自己就嫁得很早。况且，她的丈夫是个好工人！"

劳拉和莉娜相顾无言。回去的路上，她们沉默了好一会儿，然后突然聊了起来。

"莉琪只比我大一点点。"劳拉说。莉娜也深有感触，说："我比她还大一岁呢！"

她俩交换了一个惊恐的眼神，莉娜边玩着辫子边说："她太傻了，再也不能随意玩耍了。"

劳拉严肃地说："确实是，她不能像咱们这样玩了。"

"莉琪也许不用那么辛苦了，结婚后，她只给自己干活，还会有一个小孩，其实也不算糟。"莉娜说。

"我也想有自己的房子，我也喜欢小孩，但是我不想这么早承担责任，我还想让妈再照顾我几年。"劳拉说。

"我不喜欢呆在一个地方，要么不结婚，要么就嫁给铁路工人。有生之年，一直往西部进发！"莉娜说。

劳拉想换个话题，她问："我可以驾车了吗？"

"只要抓紧缰绳就可以了。"说着，莉娜把缰绳递给劳拉。就在这时，马儿突然嘶叫起来。

"快抓紧缰绳，劳拉，控制住马。"莉娜大叫着。

劳拉绷紧了脚尖，用尽全身力气死死抓住缰绳。她觉得马儿并不是在搞恶作剧，它们只是想在风中奔跑。劳拉一边控制着它们，一边大叫："驾，驾，驾，驾！"

一路上，她们尽情地唱着吼着，马儿也畅快地跑着，累了就歇一会儿，然后接着跑。直到回到营地，她们才发现那堆洗干净的衣服已经撒满了车厢。她们赶紧把衣服叠好，重新放回篮子，然后把篮子拖进小屋。

多西娅姑姑和妈正在准备午饭，看到她们，多西娅姑姑说："看你们这么老实，一定是做了什么坏事。"

"没有，我们只是把洗干净的衣服取了回来。"莉娜说。

午饭之后，洗好了盘子，莉娜又把劳拉拉了出去，她们要去骑马。这时，莉娜发现简恩已经骑走了一匹马，正在草原上飞驰。

"这不公平！"莉娜大叫一声，立即跳上马背，去追简恩。

莉娜追赶着简恩，在草原上绕着圈子赛跑。他们伏在马背上，双手紧紧抓住马儿黑色的鬃毛，双腿不断踢打马的身体，头发都飞了起来。两匹马忽左忽右，在草原上你追我赶，就像天边的两只小鸟。劳拉看得入迷了。

终于，马儿开始减速，在劳拉身边停了下来。莉娜和简恩都从马背上跳了下来。

"快点，劳拉，"莉娜说，"你骑简恩的那匹马。"

"不行，"简恩叫道，"你为什么不把自己的马让给她？"

"闭嘴，给我老实点，否则我告诉妈，说你昨晚故意吓唬我们。"莉娜说。

简恩的马又高又壮，劳拉担心地说："我没骑过马，不知道能不能行。"

"放心，我来帮你。"莉娜说。她一只手抓住马的鬃毛，稳住马，一只手把劳拉托上马背。

劳拉越看越觉得简恩的马大，她怕自己从马背上掉下去，那样会摔断脖子吧？劳拉定了定神，重新鼓起了勇气。

劳拉跨上马背，感觉周围的一切都动了起来，恍惚中，她听到莉娜在喊："抓住马的鬃毛。"

劳拉用尽全力抓紧鬃毛，胳膊肘和膝盖也紧紧夹住马身，马背太高，她不敢往地下看。马背上太颠簸，把劳拉的脑子都颠乱了，她一会儿觉得自己往左边掉，一会儿又觉得自己往右边掉，颠得她上下牙齿打架。她听到莉娜在远处大喊："劳拉，抓紧！"

过了好一会儿，劳拉感觉颠簸没那么严重了，仿佛只是轻微的波动。劳拉小心地睁开眼睛，看到马的鬃毛在空中飞舞。马儿跑得太快了，劳拉感觉自己和马都成了音符，在旋律中自由流淌。

莉娜骑着马就在劳拉旁边慢跑，劳拉想停下来，但是她说不出话。她看到了远处的工棚，知道马儿迟早是要回到那里的。终于，马儿停了下来，劳拉仍骑在马背上。

"怎么样，很好玩吧？"莉娜问。

"太颠簸了。"劳拉说。

"那是因为你跑得太慢，要让马飞奔起来。你要像我一样大声吆喝，来吧，我们再跑一圈。"

"好！"

"好极了，抓紧，现在，喊出来！"

这个下午，劳拉从马上摔下来两次，有一次她的鼻子被马头撞了一下，流了鼻血。还有一次，她试图跳上飞奔的马背，腿被带刺的草划伤了。她差一点就跳上了马背，就差一点力度。她的头发乱了，嗓子也因为喊叫而嘶哑了。

多西娅姑姑喊她们吃饭，她们没听见，最后还是爸把她们叫了回来。当她们走进屋的时候，妈惊讶地看着劳拉，然后温柔地说："多西娅，真的，我从不知道劳拉这么疯狂，就像印第安人。"

"她和莉娜是最佳搭档，"多西娅姑姑说，"从我们搬到这里，莉娜从没这样玩过。在夏天结束之前，她们也没机会这样玩了。"

到西部去

　　第二天一大早，劳拉一家又出发了，到西部去。

　　勘探员正在营地里测量和打桩，这里很快就会建起一座城镇。如今，只有多西娅姑姑的小棚屋还留在这里，小棚屋前后的杂草都显得无精打采。

　　"海一安排好工程，我们就去找你们。"多西娅姑姑说。

　　莉娜向劳拉喊道："我们银湖见。"

　　爸在马儿的耳边说了些什么，接着

就催动了马车。

车篷打开着，暖暖的阳光照在每个人身上，凉爽的微风拂面，多么惬意呀。道路两旁的田野里，人们正在忙碌着。

开始走下坡路了，道路高低不平，爸说："前面就是大苏河。"

劳拉手搭凉棚，眺望了一下，对玛丽说："我们正沿着河岸走，河岸的尽头就是大苏河。岸边没有树，只有绿草地和浅浅的小溪。大苏河本是一条大河，但现在干涸了，变成了和梅溪差不多的细流。河水流过一个个水塘，流过干燥的沙地，流过干裂的泥土地。我们到地方了，马儿要开始喝水了。"

爸吆喝道："畅饮吧，马儿，前方三十英里可没水喝了！"

小河的对面是一片又一片的浅草地，一个弧形下坡接着一个弧形下坡，看起来就像一个又一个短钩子。

"过了前面的绿草地，路消失了，那儿就是路的尽头了。"劳拉说。

"不对吧，这条路一直通到银湖的。"玛丽反驳道。

"我知道。"劳拉说。

　　玛丽把口气放缓，说："我想我们应该把意思表达清楚，你刚才那么说不准确。"

　　"我已经说清楚了。"劳拉反驳道，但她没有进一步解释。有时候，每个人看问题的角度不一样，描述的方式也不一样。

　　过了大苏河，就是一片荒芜景象，没有人，没有房屋，也没有田地，连路都没有，只有一道模糊的车辙印。劳拉环顾了一下周围，只看到一根快被草丛淹没的木桩。爸说，那是勘探员修铁路用的标杆。

　　玛丽对劳拉说："这好像是一个大草原，无边无际。"

　　劳拉望着万里无云的天空，望着起起伏伏的浩瀚草原，震撼得说不出话。每一个人，甚至整辆马车，像是沧海一粟，显得那么渺小，劳拉不知道怎么形容这种感觉。

　　马车沿着模糊不清的车辙印走了一上午，越往里走，越觉得草原的浩大，自己的渺小。风吹过草丛，发出"刷刷"的声响，加上"哒哒"的马蹄声和"沙沙"的车轮碾过草丛的声音，混合成一曲复杂的交响乐，除此之外，马车的后座也一直咯吱咯吱地响着。道路两旁的景色，一成不变，劳拉觉得他们将一直这样走下去，永远到不了头，而且他们根本不知道自己身在何处。

他们处在达科地区，一直向西前进。一路上，只有太阳升升落落。每当太阳升到头顶，他们就下车吃饭，坐在干净的草地上，边啃着干粮，边休息休息。从前，他们也曾穿梭于威斯康星州、印第安地区和明尼苏达州，也曾多次露天野餐。但那时和现在不一样，现在马车上没有篷，车里没有床。除此之外，劳拉还有一种说不出来的异样。

"爸，要是我们找到农庄，农庄会不会和以前一样呢？"劳拉问。

"不一样，这里与众不同，草原也与众不同，我也说不清哪里不同。"爸想了想说。

妈好像很理解，她说："我们现在位于明尼苏达的西部，印第安地区的北面，这里的花草肯定和以前看到的不一样。"但劳拉和爸并不这样认为，这儿的花草并没什么不同，而无边的寂静，才是这里的特点。你能感受到身处无比的寂静，这种寂静让人感到平静。

风吹过草丛的声音，马儿的嘶叫，人的说话声，这些声音都不能打破这里的寂静。

爸开始说他的新工作，他将成为公司在银湖地区的管理员，还将承担店员的工作。他将清算工人们的工资，再扣去伙食费、商店里的花费，把剩下的钱发给工人们。每一次发工钱，都是出纳把钱带过来，交给爸，爸再分给每个工人。爸的这份工作，月薪五十五美元。

"卡洛琳，这已经很好了，我们算是幸运的！"爸说，"我们是最早到达这里的人，将优先选择放领地！而且整个夏季，每个月都有五十五美元的薪水。"

"太棒了，查尔斯！"妈附和着。

周围仍是那么寂静。

一个下午，他们都在赶路，一英里又一英里，除了头顶的天空和脚下的草地，再也没看到半个人和半匹马。只有那些被车轮压弯的草，能证明他们来过。草地上有几处深深的印痕，形状怪异，爸说那是印第安人的水牛留下的，水牛是印第安人的牲畜，现在差不多快被白人杀光了，很难见到了。劳拉没见过水牛，她看到印痕的边上还算整齐，觉得那是水牛打滚留下的痕迹。

草原上的风，不停地吹，枯黄的草丛随风摇摆。爸高兴地吹起口哨、唱起歌：

> 快到这里来，
>
> 别担心也别害怕，
>
> 山姆大叔有的是钱，

　　送给每人一个农场。

大家都跟着唱起来，格蕾丝虽然跟不上节奏，但也一起哼哼着。

　　　　来吧！来吧！

　　　　我说，快来！快来！快来！

　　　　马上就出发！

　　　　快到这里来，

　　　　别担心也别害怕，

　　　　山姆大叔有的是钱，

　　　　送给每人一个农场！

在太阳就要落山的时候，有一个骑手跟了上来，他的速度并不快，但是足以追上马车了。

妈问："查尔斯，我们离银湖还有多远？"

"大概十英里。"爸回答。

"这附近没有人居住吗？"妈又问。

"没有。"爸回答。

妈不再说话，大家都沉默着，不时回头看看那个骑

手。骑手越来越近，他的速度不紧不慢，看起来，并不着
急追上来，也许是在等太阳落山。太阳西斜，草原上浅浅
的陷坑里布满了阴影。

爸使劲抖了抖鞭子，催促马儿快跑，但是，它们显然
跑不过后面的骑手。

骑手赶了上来，腰里别着两把手枪。他压低了帽檐，
松松垮垮地围着一条红色的围巾。

爸来西部时也带了枪，可惜现在不在马车上。劳拉想
问爸枪去哪儿了，还是忍住没问。

又有一个骑手赶了上来，这个骑手骑着白马，穿着红
衬衫。现在，两个骑手并肩追了上来。

"现在有两个人了，查尔斯。"妈低声提醒爸。

玛丽吓了一跳，问劳拉："怎么回事，出了什么状
况？"

爸迅速回头看了一眼，松了一口气，说："放心，是大
个子杰瑞。"

"大个子杰瑞是谁？"妈问。

"他是法国人和印第安人的混血儿。"爸解释说，"他
是个赌徒，有人说他是盗马贼，其实他是个好人。有他
在，没人敢伤害我们。"

妈惊讶地看了看爸，想说什么，又没说。

两个骑手赶了上来，爸挥了挥手说："嗨！杰瑞！"

杰瑞应声说："嗨！你好！"

另一个骑手见了，愤怒地看了看爸和杰瑞，照着马屁股猛抽一鞭，疾驰而去。

杰瑞长得人高马大，看起来像印第安人。他的脸又瘦又黄，红色衬衫很鲜艳。他没带帽子，黑色的头发不时飘到脸颊上。他胯下的白马没套笼头，也没有马鞍。白马是自由的，想去哪里就去哪里，但是它愿意跟着杰瑞。杰瑞在马背上有节奏地起伏，好像和白马融为了一体。

杰瑞陪着爸走了一段路后，就加速走远了。劳拉长舒了一口气，对玛丽说："杰瑞，高个儿，黑头发，穿红衬衫，骑纯白的马。他迎着太阳走了，草原被落日的余晖笼罩，杰瑞好像融入了阳光。"

玛丽想了想说："劳拉，骑手是不可能追上太阳的。"

劳拉没有回答，她的脑海里定格了一个画面：一个豪迈的骑手，骑着自由的骏马，朝着太阳走去。

妈还是有点担心，担心另一个骑手返回抢劫。爸安慰她说："不会的，在我们到达营地之前，杰瑞就会追上他，不会让他独自行动。杰瑞会保护我们的。"

妈扭头看了看，看到孩子们都安然无恙，她紧紧地抱过格蕾丝，不说话了。劳拉知道妈的心思，她不想离开梅溪，不想来西部，不想在夜里赶路，更不想被一个骑手跟踪。

天色暗下来，淡蓝色的天空中，出现一条条黑线，越来越多。那是大雁组成的雁阵，领头雁向后面的大雁发号施令，后面的大雁回应着它，整个天空都是大雁的叫声。

爸说："大雁快降落了，它们将在湖面上过夜。"

天边出现一条闪着银光的细线，那就是银湖了。在银湖的南边，隐隐约约还有几个湖，分别是双子湖、亨利湖和汤普森湖。双子湖的中间露出一小块土地，那儿长着一棵树，这棵树的根可以伸到水里，所以长得特别高大。爸说，在大苏河和吉姆河之间，只有这一棵大树。

爸对妈说："我们可以采些树种，种在自己的土地上。银湖往西走六英里，还有一个灵湖。卡洛琳，你看，这儿水草丰美，适合野禽栖息，特别适合打猎。"

"是的，查尔斯。"妈应和着。

太阳像一团火球，沉没在红色的云层和银色水面交接的地方。不一会儿，黑夜笼罩了大地，深邃的天空中，星星一闪一闪地露出来。

　　风变弱了，吹过草丛的声音，像是和草说着悄悄话。这个夏夜里，仿佛整个大地都在轻轻呼吸。爸继续前行，远方突然出现了几缕灯火，灯火所在就是银湖营地。

　　爸说："还有八英里路，我们朝着灯光走就行了。"

　　那些灯光飘飘忽忽，远在天边，好像星星发出的光。劳拉又冷又累，恍惚了起来。

　　忽然，劳拉眼前一亮，她看到了一扇门。这扇门敞开着，灯光从屋里射出来。忽明忽暗的灯光中，亨利叔叔正向他们走来。劳拉迷糊了，亨利叔叔不是在大森林里吗？

　　"亨利！"妈喊道。

　　"卡洛琳，我想给你个惊喜。"爸说，"所以我才没说亨利也来了！"

　　妈说："这确实是个大惊喜！"

　　话音未落，查理堂哥走了过来，他说："你好，劳拉！这是卡莉吧，长成大姑娘了，不是小孩子了，大家跟我走吧。"亨利叔叔抱起格蕾丝，爸扶着妈下了马车，堂姐路易丝也来了，大家说说笑笑，走进了小棚屋。

　　堂哥和堂姐都是大人了，他们负责给铁路工人们做饭。这会儿，工人们都吃过晚饭去睡觉了。堂姐路易丝端来了晚饭。饭后，亨利叔叔把劳拉一家领到一间新房子，这个房子是专门为他们新建的。房间的一边放着爸妈的大床，另一边放着孩子们的双层小床。堂姐路易丝已经铺好了床，床垫里塞满了干草，上面铺着床单。

很快，劳拉和玛丽就上床睡觉了，爸吹灭了灯。

银湖

第二天一早，太阳还没升起，劳拉就拎着水桶来井边打水。水井就在银湖旁边。在银湖的东岸，深红色的朝霞镶嵌在昏暗的天际，阳光透过朝霞洒到银湖南岸，也洒到横跨银湖的堤坝上。

西北的天空依然是夜色朦胧，夜色下，银湖就像一条银带横卧在野草中。

一只水鸟，尖叫着，逆风飞过湖面；一只野鸭钻出了湖面，在湖畔嘎嘎地叫着，叫声引来野鸭群的回应，很快连成一片。

太阳渐渐升起，犹如一个金色的球，在金灿灿的阳光照射下，湖面泛出粼粼波光。野鸭群开始编队，它们组成巨大的三角形，拍打着有力的翅膀，向着初升的太阳飞去。

劳拉猛吸一口气，迅速把装满水的水桶从井里提了出来，一路跑回小棚屋。这个新建的小棚屋，坐落在铁路工人营地的南面，棚屋前后的野草茂盛，几乎淹没了它。棚屋小小的房顶向一方倾斜，远远看过去，像是只有半边屋顶。小小的棚屋，孤零零地对着银湖。

劳拉刚踏进房门，妈就有点愠怒地说："劳拉，我们在等你的水呢！"

"妈，太阳出来了，你们真该去湖畔看看，我都舍不得回来！"劳拉大声说。

劳拉一边帮助妈做起了早饭，一边描述起银湖日出的壮丽景象——在缤纷的天空下，铺天盖地的野鸭从湖面飞过，间或有几只水鸟，嘶叫着掠过湖面。

"我听到了，我听到了，"玛丽说，"叽叽喳喳的鸟叫，简直就像闹市一样。劳拉，你的描述简直像画面一样，我能听出来那个壮观的景象。"

妈笑了笑，说："好了，孩子们，我们今天有很多事要做。"接着，她开始布置任务了。

中午之前，她们要把房间收拾好，首先要把行李都拿出来，接着把路易丝堂姐的被子晾晒起来，晒干后再整理好。另外，妈的床垫还得换上新鲜干净的干草。妈是总设计师，她从矿工商店里买了几码鲜亮的棉布，用来做帘子。她首先在房屋中间挂了一道帘子，分出一间卧室和一间起居室，然后在卧室中间又挂了一道帘子，分出两间卧室，一间是爸妈的，一间是孩子们的。因为房间太小，帘子都紧贴着床，但是当妈把床垫和被褥都铺上床后，整个小屋都鲜亮起来，看上去就舒适。

起居室很小，炉子靠门放着。可以折叠的饭桌靠着后墙放着，对着门。妈和玛丽的摇椅，则放在房间的另一头。房间里没有铺地毯，但是打扫得很干净，只是有几处残留着难以清除的杂草。

"这种房子，只有半个房顶，没有窗户，"妈说，"但是房梁很结实，阳光和空气都可以从门口透进来。"

爸回来吃饭了，看到房间已经收拾得这么干净，非常高兴。他拧了一下卡莉的耳朵，又抱起了格蕾丝，房间太矮，否则他就把格蕾丝抛起来了。"卡洛琳，那个牧羊女瓷像在哪儿？"爸问。

"还在行李里呢，"妈说，"我们又不在这里长住，你拿到放领地咱们就走。"

"看看这个大草原，除了铁路工人，什么人都没有，他们在入冬之前就会离开。这片土地，我们可以任意选择，不着急。"爸笑着说。

劳拉提起水桶，又要去打水，扭头对爸说："吃过饭，我想领着玛丽出去走走，看看银湖，看看营地，看看周围的景色。"

草原上的风，一直在使劲地吹着，吹走了白云，留下湛蓝的天空。草儿弯下腰，露出点点灯光，风儿送来了铁路工人粗犷的歌声。

一个长长的队伍穿过草原，正向营地走来，那是工人们的马队。马儿套着马具，慢慢向前走。工人们的皮肤晒成了棕色，他们光着头，裸露着胳膊，穿着各种颜色的衬衫，迈着整齐的步伐走过来。

工人们唱着同一首歌，响声震天，整齐得像支军队。他们行走在辽阔的天空下，行走在广袤的草原上，歌声就是他们的口号。疾风中，劳拉听得入迷了。工人们到了营地，他们围着营地低矮的小棚屋，继续大声歌唱，唱出了自己的心声。这时，劳拉才想起手里的木桶，她赶忙打了水，跑回家，水花溅了她一身。

"我在看——工人们——回营。"劳拉气喘吁吁地说，"爸！工人真多，他们所有人都唱着歌。"

"别着急，把气喘匀了再说。"爸笑了笑说，"这还只是个小营地，有五十辆双马的马车，七八十号人而已。西面的斯特滨营地更大，有两百号人和更多的马车。"

"查尔斯。"妈向爸使了个眼色，摇了摇头。

爸好像突然醒悟过来，他盯着劳拉，严肃地说："以后你们出去散步的时候，在工人回营之前就要回家，也不要去他们工作的地方。铁路工人里什么人都有，他们满口脏话。小女孩还是不要听，不要看为好，记住了吗，劳拉！还有你，卡莉！"

劳拉很少见到爸这么严厉，赶紧答应道："记住了。"

卡莉吓坏了，睁大眼睛看着爸，吞吞吐吐地说："知道了，爸。"卡莉讨厌别人说脏话，劳拉却想听，哪怕听一次也好。当然，爸的话还是要听的，所以，劳拉、玛丽和卡莉午后散步的时候，就绕开了工人们的营房，沿着银湖畔，向大沼泽走去。

她们沿着湖畔走，湖岸很低，很结实，也很干燥，岸边长着稀疏的小草。左手边就是银湖，阳光照在湖水上，闪闪发光。微风吹过，水面泛起层层涟漪，小小的浪花轻拍湖岸。劳拉往远处望去，银湖的东岸和南岸，都耸立着堤坝，堤坝有劳拉那么高。银湖的北岸连接着小沼泽，而大沼泽则弯曲着，向西南方向延伸，沼泽里长满了茂盛的野草。

她们走在疾风里，裙子紧紧地贴着腿，脚下的草温暖又柔软。玛丽和卡莉都把帽子紧紧系牢，劳拉索性拎着帽子挥舞，她的头发也在空中飞舞。沼泽地近了，湖畔越来越低，直到融入沼泽中，成千上万的野鸭、野雁、鹅、鹤都在风中扯着嗓子鸣叫。

这些鸟儿，时而飞到空中，时而钻到草丛里，时而大叫着"交谈"，时而伏下身窃窃私语。沼泽里的草根、小鱼都是它们的食物，它们以此为生。

劳拉和卡莉赤脚走进了沼泽，玛丽用脚试了试，说："哦，地面这么软呀。"然后，匆忙退到岸上，她可不想弄脏了脚。鸟儿听见响声，惊起了一片，整个天空中响起"嘎嘎""呱呱"的鸟叫。野鸭张开蹼足，扑棱棱地划过草丛，拐进另外一片水塘。劳拉和卡莉一动不动地站着，面前的野草比她们还高，她们感觉自己正慢慢陷入淤泥里。

"卡莉，你快回去！"劳拉喊道，"你别陷进去了，草丛后面的水塘也能淹没你。"

淤泥没过了劳拉的脚踝，她看到草丛后面闪着点点星光。她想继续往前走，深入沼泽，走进鸟群里。可是又不能丢下玛丽和卡莉，只得返回。她们又走到草原里，齐腰深的野草在风中摇曳，低矮卷曲的野牛草连成了一片。她们采了一些火红的萱草，又摘了一些紫色的野牛草豆荚。忽然，一群蚱蜢惊起，就像一朵被激起的浪花。各种各样的鸟儿飞了起来，又摇摇晃晃地站在草上，叽叽喳喳地叫起来，松鸡在草丛下四处逃窜。

"多么美丽的原始草原啊！"玛丽不由得赞叹起来，又说："劳拉，你戴上帽子了吗？"

劳拉赶忙戴上帽子，说："戴着呢。"

"刚戴上的吧，"玛丽笑着说，"我能听到。"

天色渐晚，她们踏上了归程。小棚屋孤独地站立在湖畔，显得那么渺小。妈透过门缝，用手遮住光线，搜寻她们的身影，她们向妈挥了挥手。

小棚屋北边的湖畔上，零星分布着营房。首先映入眼帘的就是爸的商店，商店的后面是饲料库，饲料库旁边是马厩。马厩建在一块高地上，顶上铺着沼泽地里的长草。

马厩的旁边就是工人的宿舍了，宿舍很简陋，路易丝堂姐的食堂就在宿舍的不远处，这会儿，食堂的烟囱开始冒炊烟了。

忽然，劳拉在银湖的北岸看到一处房子，一处真正的房子。

"我想去那所房子看看，看看谁住在那里。"劳拉说，"那所房子不像是移居者建造的，没有马厩，也没有农田。"

劳拉把看到的所有景象都描述给玛丽听，玛丽说："真是个美丽的地方，干净的房子，清清的湖水，绿绿的草地。不过，你现在还不能去，咱们还是回家问爸吧！听，又有一群野鸭飞过。"

野鸭和野雁们开始降落在湖面上，它们将在那里过夜。工人们收工了，远处传来嘈杂的声音。妈站在门口，看着她们走过来。女孩们拿着大把的萱草和紫豆荚，身上带着阳光的味道，头发被风吹乱了。劳拉匆忙收拾了一下，就和妈开始摆饭桌，准备开饭；卡莉把一束野花插在水里；玛丽则躺倒在摇椅上，向格蕾丝描述沼泽地里的景象，描述群鸟的鸣叫，描述成片的鸟儿在湖面过夜的景象。

盗马贼

　　一天晚饭时，爸一声不吭，只有别人问他的时候，才胡乱答应一声，一副心事重重的样子。妈问他："查尔斯，你怎么了，身体不舒服吗？"

　　"我没事。"爸回答。

　　"那是出了什么事情？"妈追问道。

　　"是这样，工地上的年轻人今晚要抓盗马贼，和我们没有关系，你不用担心。"爸说。

　　"这是海该操心的事，你就不要管

了。"妈说。

"你放心，卡洛琳。"爸说。

劳拉和卡莉对视了一下，又都扭头看妈。过了一会儿，妈温柔地说："查尔斯，我希望你少管这种事。"

爸说："大个子杰瑞今晚要过来，前段时间，他曾在营地过了一夜，离开以后，营地里最好的马就被偷走了。铁路上的那些年轻人说，杰瑞每到一个地方，他离开之后，当地最好的马就会丢失。他们认为杰瑞和盗马贼是一伙的，他来的那晚，就是在踩点。"

"杰瑞是混血儿，你不是说混血儿不能信任吗？"妈说。妈讨厌印第安人，也不喜欢印第安的混血儿。

"在弗底格里斯河的时候，多亏那个纯种印第安人，否则我们的头皮早被割掉了。"爸说。

"没有那些鬼哭狼嚎的印第安人，我们根本就不会有危险。"妈说，"简直不可理喻，他们竟然把剥下的臭鼬皮围在腰上。"妈又想起了那个画面，露出厌恶的表情。

爸不太肯定地说："我猜杰瑞不是盗马贼，那伙年轻人盯上他，是因为杰瑞赢光了他们的工资，他们想杀了杰瑞。"

妈说："海怎么能让工人赌博，赌博简直比酗酒更恶劣。"

"他们是自作自受。"爸说,"杰瑞是最热心肠的人,从他照顾老强尼的事情上就可以看出来。"

"这倒是。"妈赞同地说。

老强尼是爱尔兰人,又瘦又小,还驼背。他在铁路上干了一辈子,到老了,没法工作,铁路公司就给他安排了个送水的活。一早一晚,老强尼都会提着两个大木桶,去井边挑水。他用扁担两端的铁钩钩住满满两桶水,伴随着呻吟声,摇摇晃晃地直起瘦弱的身躯。他两手稳住木桶,一步一步艰难地前行。

他沿着工人干活的路线走,工人们口渴了,就顺手用木桶里的锡勺舀水喝,不会耽误工作。

强尼太老了,身体好像都萎缩了,脸上布满皱纹,只有蓝色眼睛还炯炯有神。为了不耽误工人喝水,他总是尽量快速地走着。

一天早晨,大家还没吃早饭,大个子杰瑞走了过来,他对妈说:"夫人,强尼病了,他那么老,又那么瘦弱,不适合吃工棚的饭,您能给他一点早饭和一杯茶吗?"

妈拿了一些热的薄饼干、一块土豆泥蛋糕和一片炸得酥脆的咸猪肉,放在餐盘里递给杰瑞,然后又倒了一锡桶热茶交给他。

早饭后，爸去工棚看望老强尼，回来时，他告诉妈，杰瑞照顾了老强尼整整一夜。那个可怜的老头说，杰瑞把唯一的毯子让给他，自己冻了一夜。

"杰瑞照顾老强尼，就像照顾自己的父亲一样。"爸说，"只这一件事，就让我感动得说不出话来。"

大家都还记得，他们往这里来的那天下午，是杰瑞赶走了那个跟踪他们的陌生人。

爸站起来，说："那些年轻人有枪，来我这里买过子弹。杰瑞今晚可能来看望老强尼，当他拴马的时候，那些年轻人会开枪打死他。真希望，他今晚不来。"

"啊，查尔斯，你一定要阻止他们。"妈吓了一跳，大声说。

爸戴上帽子，说："他们中有个杀人犯，曾在州立监狱里服过刑，这个人闹得最凶，上次赌博，也是他输得最多。他不敢面对面挑战杰瑞，想伏击杰瑞。这个人狡猾得像个跳蚤，完事后，他会狡辩说，自己是在自卫。"

爸去了商店，妈一脸严肃地开始收拾餐桌。劳拉一边洗着盘子，一边想着杰瑞和他的白马。杰瑞经常骑着白马从草原上掠过，他总是穿着一件浅红色的衬衫，不戴帽子，胯下的白马也不戴马具。

夜色很深了，爸才回到家。他说，有六个荷枪实弹的年轻人等着伏击杰瑞。

到睡觉的时间了，营地里的灯都熄了，低矮的工棚隐在漆黑的夜里，只能看见它模糊的影子。夜空中，只有一颗星星，发出微不足道的光芒。寒风刺骨，草儿也在风中瑟瑟发抖，沙沙作响。劳拉拉开门，抬眼望了望，又侧耳听了听，然后颤抖着迅速返回屋内。

布帘后面，格蕾丝已经睡熟了，玛丽和卡莉也在妈的催促下上床睡觉了。爸坐在长椅上，他的帽子挂在墙上，但是靴子还穿在脚上。他看了一眼劳拉，然后站起来，竖起领子，又戴上了帽子。

"卡洛琳，不要等我，睡觉去吧。"爸爽朗地说。

当妈从布帘后走出来时，爸已经出门了。妈追到门口时，爸已经消失在夜幕里。妈转回来，对劳拉说："不早了，你也赶紧睡吧。"

"妈，就让我等爸回来吧。"劳拉哀求道。

妈说："我不困，躺在床上也睡不着，今晚就不睡觉了。"

"妈，我也不困。"劳拉说。

妈吹灭了灯，坐进摇椅里，劳拉赤着脚，轻轻地走到妈的身旁，紧挨着她坐下。

黑暗中，劳拉和妈倾听着周围的声音。劳拉听见格蕾丝轻微的鼾声，听见妈的呼吸声，听见布帘后醒着的玛丽和卡莉的急促呼吸声。风吹动窗帘，发出微弱的声音，透过房门，劳拉能看见一块长方形的夜空。室外，风在叹息，草儿沙沙作响，湖水没完没了地拍打着岸边。

"妈，我去找爸吧。"劳拉轻声说。

"别去添乱了，你找不到爸。再说，他也不想你去，他会照顾好自己的。"妈说。

"我觉得，我得为爸做点什么。"劳拉说。

妈轻抚着劳拉的头，说："整天在外疯跑，太阳和风把你的头发弄得太干燥了，以后，你每晚睡觉前要梳一百下头。"

"好的，妈。"劳拉轻声答应着。

"我和你爸结婚的那会儿，我的头发又密又长，我都能坐在自己的辫子上。"妈说。

接着，妈不再说话了，手还在抚摸着劳拉的头。忽然，门外传来一阵枪声。

门外的天空中，一颗发光的大星星慢慢向西方移动，一群小星星围绕它旋转着。

　　突然，一阵脚步声传来，一个黑影挡在门前，是爸回来了！劳拉一下跳了起来，妈却忽然瘫在摇椅里。

　　"卡洛琳，你还在等啊？放心吧，事情都解决了。"爸笑着说。

　　"爸，"劳拉问，"你怎么知道事情解决了？"

　　"孩子，你别操心了。"爸打断了劳拉，"杰瑞今晚不会来了，他可能明天早晨过来。现在，都上床睡觉吧，天亮前还能睡一会儿。"接着，爸哈哈大笑起来，说："明早，一定有六个倒霉蛋，睡眼惺忪地工作。"

　　当劳拉在布帘后面脱衣服的时候，听见爸边脱靴子边对妈说："卡洛琳，以后不会再丢马了。"

　　第二天一早，杰瑞果然骑着白马走来。他走到爸的商店，向爸脱帽致敬，爸也向他挥手致意。然后，杰瑞和白马向着工地奔去。

　　从此以后，营地果然再没丢过马。

一个令人惊奇的下午

　　每天清晨，劳拉清洗早餐餐具的时候，都能看到工人们走出营房，去马厩里牵马。马具发出"咯咯"的声音，工人们边走边聊，闹哄哄的。直到工人们都出门干活了，营地里才重新恢复了宁静。

　　日子就这样一天天过去。每礼拜一，劳拉和妈洗衣服。在明媚阳光的照射下，在和煦的风儿吹拂下，衣服很快就干了，还带有清新的气息。礼拜二，劳拉帮妈熨平衣服。礼拜三，劳拉就拿起针线，缝缝补补。劳拉并不喜欢做针线活，但玛丽做起来却得心应手。她虽然看不见，但是一点也不妨碍她缝边。如果给她搭配好不同颜色的布料，她甚至能缝制被褥呢。

午饭时间到了，工人们陆续回到营地，营地里又变得嘈杂起来。爸也从商店下班回来，在小木屋里吃饭。一望无际的大草原上，草的颜色开始由深棕色变成黄褐色。夜风变得越来越寒冷，野鸟大批大批地往南方迁徙。不知不觉间，冬天要到了。

工人们除了吃饭和睡觉，都在外面干活。劳拉只能看到草原的西边腾起滚滚尘土，但是她不知道工人们到底在什么地方干活，也不知道他们是怎么工作的，她想去看看。

一天，多西娅姑姑来了，她牵着两头奶牛，一头奶牛给爸，一头留给食堂。送给爸的这头奶牛叫海伦，有亮红色的花纹，漂亮极了。多西娅姑姑对劳拉说："劳拉，你长大了，可以照顾它了，你带着它去水草丰美的地方吃草，记得要拴住了。"说着，她把缰绳递给了劳拉。

莉娜也来了，她和劳拉一起放牛。她们俩把牛牵到湖边，给它饮水。离家不远的地方，就有一块优质草地，她们把奶牛拴在那儿，一边挤着牛奶，一边唱着歌。

莉娜学会了很多新歌，劳拉就跟着她唱。当带着奶牛体温的牛奶流进奶桶时，她们放开了歌喉：

> 逐浪生活，
>
> 深海安家，
>
> 蝌蚪们摇头摆尾，
>
> 泪水顺着腮帮流下来。

当莉娜的声音温柔下来，劳拉也学着唱起来：

> 我不要嫁给农民，
>
> 他们总是脏兮兮，
>
> 我要嫁给铁路工人，
>
> 他们穿着格子衬衫。

劳拉最喜欢唱的还是华尔兹歌曲，尤其是那首《扫帚歌》。歌里"扫帚"反复出现，音调都不一样，特别好玩：

> 买扫帚，买扫帚，扫帚！
>
> 买扫帚，买扫帚，扫帚！买扫帚，扫帚！

你愿为巴伐利亚的流浪汉买把扫帚吗?

扫走烦人的小虫子,

你会发现,它白天黑夜都那么好用.

　　奶牛一直安静地站着,咀嚼着食物,听她们唱歌。挤完牛奶,劳拉和莉娜就提着奶桶走回小木屋。

　　每天早晨,当工人们走出营房,劳拉就开始在门旁的长凳上洗漱,接着,太阳就从湖面上升起。每天下午,当天边出现晚霞,晚霞有红色的、紫色的和金色的,工人们也该回来了。他们唱着歌,声势浩大地走在尘土飞扬的小路上。这时,莉娜就飞快地跑进多西娅姑姑的小屋,帮她做饭;劳拉则去找妈,帮妈过滤牛奶,牛奶必须在凝成奶油之前过滤好。除此之外,她还得帮忙做饭。

　　莉娜的活儿很多,跟在多西娅姑姑和路易丝堂姐后面忙得团团转。劳拉虽然没有那么忙,但是也有很多事情要做。她们俩,只有在挤牛奶的时候才能见上一面。

　　一天晚上,莉娜对劳拉说:"可惜,小黑马被爸牵走干活了。"

　　"哦,不然怎样呢?"劳拉问。

　　"如果小黑马在这儿,我就可以骑着它去看工人们干活，难道你不想去吗？"莉娜说。

"想去，当然想去。"劳拉回答。爸禁止劳拉接近工人们，但是说说总可以吧。

一天，在晚饭的饭桌上，爸放下餐具，捋了捋胡子，突然说："你们这些小孩真是烦人，整天东问西问。好吧，戴上你们的帽子，两点左右到商店来找我，我带你们去见见世面。"

"爸，真的吗？"劳拉兴奋地尖叫起来。

"好啦，你别兴奋过头了。"妈平静地说。

劳拉赶紧收声，小声地问："爸，可以带莉娜一起去吗？"

"这个，等会儿再说。"妈说。

爸去商店后，妈开始叮嘱劳拉。她想让劳拉像个淑女一样，言行举止都温文尔雅。自从劳拉出生以来，除了梅溪边的那段生活，她们都生活在荒郊野外，现在又住进了粗糙的工棚。早晚有一天，这个国家的生活会文明起来，到时候，她们也应该有个文明的样子。妈不想让她们接近粗鲁的铁路工人，但去看一下也无妨，不过一定要表现得像个淑女，不能咋咋呼呼的，让人笑话。

"我知道了！"劳拉响亮地答应着。

妈又说："劳拉，我不想让你带莉娜去，莉娜太调皮了，谁也管不住她。如果你还想去，就不要提这件事了。"

"哦，可是——"劳拉还想争取一下。

"可是什么？"妈严厉地说。

"没什么。"劳拉赶紧说。

玛丽很不理解，她说："为什么要去工人工作的地方呢？待在屋里多好，去湖边散散步也好啊。"

"我就是想看看他们是怎么工作的。"劳拉说。

劳拉带上太阳帽来到爸的商店，商店里只有爸一个人。他戴上宽檐帽子，锁上门，父女俩出发了。这一天，万里无云，草原看起来干净、清新。但是情况并不总是这样，没过多久，天空中突然扬起了风沙，天地间一片昏暗，他们看不见小木屋，草原上的什么都看不见了，只有脚下的小路和旁边的铁路线还隐约可见。

他们拉低了帽檐，又艰难地走了一会儿。爸停下了脚步，说："看，前面就是他们工作的地方了。"

他们站上高岗，俯瞰眼前热火朝天的劳动场面。工人们正在犁地，把草原犁成了宽宽的条状。

"他们在犁地？"劳拉不可思议地问。在她的印象里，修建铁路是不需要犁地的。

"看，那儿还有铲土机。"爸说。

马儿拖着一个又大又宽的铲子，这就是铲土机。工人们正指挥着马队绕着圈儿铲土。

铲土机上有一个半圆形的钢圈，马儿就被套在这个钢圈里。铲土机上还有两个短短的手柄。

一个工人牵着马儿走进犁好的土地上，两个工人握紧手柄，把铲土机倾斜了一个角度，插进土里。马儿拉着铲土机往前走，土就不断装进铲土机里。铲土机装满后，工人又抬一下手柄，把铲土机放平，然后马儿就把铲土机拉到路基那边去了。

路基上，工人们抬起手柄，把铲土机里的土倒出来。然后，马儿再拉着空铲土机回到被犁好的土地上。

就这样，周而复始，一匹又一匹马，一个又一个铲土机，不断把土拉到路基上。当犁好的土被铲土机运完了，犁地的马队就走回来再犁一遍。

"他们真是井井有条，你看，每个人都有条不紊地工作着，没有人闲站着。"爸说，"犁地的马队刚犁好土地，铲土机的马队就跟上来，一个铲土机装满了土，另一个铲土机刚回来。当翻出的土刚运完，另一片土地也被犁好了。他们简直像个不停运转的机器，多么有效率啊。弗莱德真是个好工头！"

　　弗莱德站在工地上，看着犁地的马队和铲土机的马队绕着圈儿，不断往路基上运送泥土。当操作铲土机的工人开始倒土的时候，他会走上去交代几句，让他们把路基铺得平坦、笔直、均匀。

　　每个监工负责六个马队，当有人偷懒的时候，监工就会过去敲打一下，如果有马队走得太快，他就会让马队走慢一点。马队匀速前进，马队之间保持相同的距离，就这样不停地犁地、装土、运土、犁地，周而复始地工作着。

　　工地上有三十个拉着铲土机的马队，还有四匹马一组的犁地的马队，牵着马的工人和操纵铲土机的工人，各司其职，平稳运行。就像爸所说的，整个工地像个运转良好的机器，工人们都上紧了发条。而弗莱德站在尘土飞扬的路边，指挥着这一切。

　　劳拉看得入迷，爸说："走吧，丫头，我们去看他们是怎么填土的。"爸往西走，那里还有很多值得看的场面。

　　父女俩沿着马车的车辙印走，脚下的草，被马车碾进土里。再往西边，在一处高高凸起的地方，另一群工人在修建另一段路基。

　　这群工人，有的在一处路段铲土，有的在另一处路段填土。

"劳拉，你看。"爸说，"在地势低的地方，他们把路基建得高一些，在地势高的地方，他们把路基建得矮一些，让整个路基保持在一个水平线上。这样，火车开起来才会省力。"

"为什么这么麻烦呢？"劳拉问，"火车为什么不能直接在草原上跑呢，草原很平坦，没有高山，为什么还要建路基呢，他们好像在是白费劲啊。"

"不是这样的，劳拉。"爸笑着说，"这样做其实更省工，长大后你就明白了。"

劳拉说："我知道在平坦的大道上跑，马儿会很省力。但是火车不是马呀，它根本不会感觉到累。"

"火车虽然不会累，但是需要燃烧煤炭啊。"爸说，"在高低不平的路面上行驶，火车要烧掉更多的煤炭。我们修建好平坦的铁路路基，就能节省大量的煤炭，所以长远来看，是省钱省工的。剩下的钱可以用来建设别的东西。"

"还要建设别的什么？"劳拉问。

"要建设更多的铁路，"爸说，"在不久的将来，人们出行都坐火车，没人再赶马车了，劳拉！"

对于爸说的未来，劳拉想象不出来。如果一个国家的铁路纵横交错，每个人都可以坐上火车，这个国家得多么富有啊！劳拉不用去畅想未来，因为就在她的眼前，工人们正忙碌地铲土、填土，他们正在创造未来。

不知不觉，一个下午就过去了，劳拉该回家了，爸也该回小商店了。劳拉又回头看了一眼工地，然后依依不舍地走了。

回去的路上，劳拉看到了铁路路基上插着一根根木桩，排成直线。爸说，这些木桩是勘探员钉上去的，木桩上还刻有数字，这些数字是留给铺设路基的工人们的。工人们看到数字，就会知道哪里要填上多少土，哪里又要削去多少土。由此可见，修建铁路是个系统工程，先后顺序很重要。

首先，得有一个总设计师，他先构思铁路的整体工程。然后，勘测人员实地考察，在荒郊野外做测量、做标记。接着，犁地的工人把草地翻起来，铲土机工人把土运走。这些人虽然没有真正铺设铁轨，但他们也是名副其实的铁路工人。如今，广袤的草原上，多了一条条土坑、一段段路基，它们向西不断延伸。

"修完了铁路路基，"爸说，"挖掘工人就该上场了。他们会把路基弄得平整，还会铲平路边的土。"

"然后就该铺铁轨了吧？"劳拉问。

"还没有那么快，心急的姑娘。"爸笑着说，"工人们还得把枕木运送过来，罗马不是一天建成的，铁路也不是，任何有价值的东西都不是。"

太阳遥遥西坠，草原上凸起的地方，都向东方投下了阴影。野鸟和仙鹤，也都陆续降落下来，它们将在湖面上过夜。一阵微风吹过来，非常清新，微风里已经没有了沙尘。劳拉摘下帽子，背在背上，这样她就能肆意体验微风拂面的感觉了，而且视野也更开阔了。

现在，这里还没有铺铁路，但用不了多久，铁路上的铁轨就会出现，然后火车也会轰隆隆地开过来。劳拉看得出神，她仿佛已经看到了冒着黑烟的火车在全速前进。

忽然，劳拉问爸："原来，铁路是这样出现的呀？"

爸一头雾水，说："没头没脑的，说什么呢？"

"首先，是人们想象出来铁路，然后才建了真正的铁路，是这样吗？"

爸想了想，说："是的，人们总是会先构思一件事，然后再去完成它，但是这个构思也不能天马行空，要符合现实条件。"

"那所房子是干什么的？"劳拉又问。

"什么房子。"爸又丈二和尚摸不着头脑了。

　　劳拉指了指远处的房子，说："就是那所房子，周围没有马厩，也没有农田，一所真正的房子，不是临时住所。"劳拉早就想问爸这个问题了。

　　"那是勘探员的房子。"爸说。

　　"他们还住在那儿吗？"劳拉问。

　　"有时候在，有时候不在。"爸说。

　　他们走到了商店门口，爸说："你先回家吧，我还有很多账目要算，回家后，把今天的所见所想讲给玛丽听。"

　　"好的，我会的。"劳拉爽快地答应着，"我一定会详细地和她说，一个细节都不落下。"

　　回到小木屋后，劳拉耐心地给玛丽讲解，但是玛丽却说："劳拉，我真是搞不懂你，你为什么不待在干净的屋里，非要去看脏兮兮的工地呢？你看，我已经做好一床被子了。"

　　但劳拉对玛丽的话却不以为然，她的脑海里还反复播放着工人们劳动的画面，她甚至能感受到他们动作的节奏。

发工资的日子

又过了两个礼拜，爸现在每天晚饭后都要加班，在商店里的小办公室做工资统计表。

爸先参照工作统计表，计算每个工人的工作时间，再算出每个人赚了多少钱，再减去他们在商店里的花费，扣除在食堂里的餐费，剩下的就是他们的工资了。爸把这些数字分类统计好，做成工资统计表。

到发工资那天，爸会把工资统计表

和工资一起交给每个工人。

劳拉一直是爸的小帮手。在大森林里那会儿，她还小，但也能帮爸制作猎枪的子弹；在印第安保留区，她可以帮爸修房子；在梅溪，她帮爸割草，还帮爸处理日常琐事。但是，现在劳拉却帮不上忙，因为铁路公司不准别人进爸的小办公室。商店就在小木屋的旁边，劳拉能看到人们进进出出，但是看不到爸是怎么工作的，劳拉想知道。

一天清早，一辆马车飞速驶过小木屋，停在商店门口。一个穿着体面的人从马车上跳下来，走进商店。马车上还有两个人，他们一边看着门，一边四处张望，很警惕，很害怕的样子。不一会儿，进商店的人又出来了，他跳上马车，又环顾了一下周围，然后迅速离开了。

劳拉有种不祥的预感，心脏砰砰狂跳，立即朝商店走去。这时，爸安然无恙地从商店里出来，劳拉终于释然了。

"你去哪，劳拉？"妈在身后喊。

"我哪儿也不去，妈。"劳拉轻松地回答。

爸走进小木屋，关上门，从怀里拿出一个沉重的帆布袋。"把这个藏好，卡洛琳。"爸说，"这里是工人们的工资，谁见了都想抢。"

妈赶紧用一块布包起帆布袋子，然后把它塞进一袋面粉里。"放心吧，查尔斯，没人能找到它的。"妈说。

"刚才那个人是来送钱的吗？"劳拉问。

"是的，他就是出纳员。"爸说。

"留在马车上的两个人，看起来很害怕。"劳拉说。

"哦，那是出纳员的保镖。"爸说，"我真不想让你们担心，但是，出纳员手里拿着数千美元的工资，他们得小心点，想抢劫的人可不止一个。保镖的手里都有枪，所以他们不必害怕。"

爸又走回商店，劳拉看到爸的腰上别着一把枪。爸一定不会害怕的，劳拉心里想。小木屋里还有两把枪，一把来复枪，放在门边；一把猎枪，放在一个角落里。妈会用枪，所以不必害怕抢钱的人。

那天晚上，劳拉睡不踏实，不断醒来，她听见爸也辗转反侧，毕竟屋里有一大笔钱啊。那一夜特别黑，劳拉的耳朵特别灵敏，总是听见奇怪的声音。事实上，这一夜什么也没有发生。

今天是发工资的日子，工人们要休息一天，一大早，爸就拿着钱去了商店。早饭后，工人们聚集在商店周围，一个一个走进商店，又一个一个走出来，三五成群地说着话。

晚饭后，爸还得去商店，因为有些工人对工资有异议，他们不明白为什么自己只领了两个礼拜的工资。

"为什么不发给他们整个月的工资呢？"劳拉问。

"是这样的，把工资统计表做好，核对无误，再把表送到公司，出纳员把钱送过来，这个过程是很费时间的。"爸说，"你不能昨天干完活，今天就把工资发给你。所以，我先发十五号之前的工资，十五号到现在的工资，还得再等两周。可是有些工人就是不理解，他们想现在就拿到昨天以前的所有工资。"

"查尔斯，不可能所有人都理解发工资的程序。"妈说，"你也不要有太大压力。"

"爸，他们不会责怪你吧？"玛丽问。

"可能会，这真是太糟糕了，"爸说，"毕竟是我核对的工资统计表。"

收拾完餐具，妈摇着格蕾丝睡觉，卡莉依偎在她身旁。劳拉和玛丽坐在门口，看着微波荡漾的湖水。劳拉尽量把眼前的景象都说给玛丽听："夕阳的余晖洒在湖水中央，湖水中央反射出耀眼的光芒，四周的水面昏暗无光，野鸭们正在昏暗的水面上栖息。昏暗的天空中，星星眨着眼睛，广袤的草原也是黑乎乎的一片。"商店里亮起了灯，"妈，"劳拉突然喊了起来，"看，那里围着一群人。"

工人们围着商店，没有人说话，非常安静，但是聚集的人越来越多。

妈站起来，把格蕾丝放在床上，走到门口，望了望商店门口的情景，对劳拉和玛丽说："快进来，孩子们。"

劳拉和玛丽走进小木屋，妈关上了门。卡莉陪着玛丽坐在椅子上，劳拉在妈的胳膊下望着外面。工人们紧紧地包围着商店，有两个人跳上台阶，使劲砸着门。

除了砸门声，周围一片安静，这一刻，整个世界都是安静的。

一个人一边砸门，一边大喊："快开门，英格斯。"

门开了，爸走了出来，他转身关上门，然后把手插在裤兜里，说："怎么了，伙计们。"

两个砸门的人退回人群，人群中有人说话了："给我们工资。"

"我们要所有的工资。"另一人大喊着。

"把扣留下来的两个礼拜的工资，还给我们！"

"我们要工资！"

"冷静点，再等两个礼拜，等我做完工资表，工资就会发给你们。"爸说。

　　人群又喊起来："我们现在就要！""别拖了！"

　　"伙计们，我现在没钱，等出纳员来了，才能发工资。"爸说。

　　"得了吧，把门打开。"有个人喊道。

　　"把门打开！"所有人都喊起来。

　　"不行，我不能开门。"爸平静地说，"明天早上再来，到时给你们发工资。"

　　"快开门，否则我们自己开。"有人吼道，接着人群向爸逼近。

　　劳拉想冲出房门，但是被妈牢牢抱住。"让我去！他们会伤害爸的！让我过去，他们会伤害爸的！"劳拉嘶吼着。

　　"站住！"妈厉声喊道，妈从没这样严厉过。

　　"往后点，伙计们，别靠得太近。"劳拉听见爸震惊的声音，浑身打着哆嗦。

　　忽然，一个沉着有力的声音响起："怎么了，伙计们？"

　　昏暗中，劳拉看不清说话的人是谁，只看到他穿着红衬衫，个头很高。只有杰瑞有这么高的个头。远处，有一个模糊的白影，那应该是杰瑞的白马了。看到杰瑞，人群中忽然出现一阵骚动，杰瑞大笑起来，声如洪钟。

"你们这群笨蛋，为什么不再等一晚，明天就能拿到工资了。"杰瑞笑着说，"想去抢商店吗？明天再来吧，只要我们想，谁也挡不住我们。"

杰瑞的话里充斥着粗话，劳拉简直听不下去，她觉得杰瑞好像也在和爸作对，整件事根本就没法收拾了。

杰瑞聚拢了几个工人，他叫着几个人的名字，邀请他们去喝酒打牌。有几个人跟着杰瑞走了，剩下的人分成几拨，也慢慢退散了。

妈关上门，说："孩子们，都上床睡觉去吧。"

劳拉听话地走进布帘后，哆哆嗦嗦地爬上床。劳拉躺在床上，听见屋外不时传来大声的说话声，其间还夹杂着一些脏话，还有人大声唱歌。如果爸还不回来，劳拉肯定是睡不着了。

一觉醒来，天亮了。

太阳躲在云朵后，把东边的天空染成了金色，几朵红云飘浮在银湖的上空，把湖水也染成了玫瑰红色，一群野鸟嘶叫着飞过湖面。营地里也是一片嘈杂，工人们围着食堂，眉飞色舞地说着话。

劳拉和妈站在门外，看着工人们，忽然有人大喊了一声，只看见杰瑞飞身跃上马背。

"嗨！伙计们，"杰瑞大喊着，"一起去找乐子吧！"

白马绕着人群跑了一圈，随着杰瑞的一声口哨，奋蹄向前奔去。工人们冲进马厩，骑着马追随杰瑞而去，不一会营地就空了下来。他们穿过大草原，向西呼啸而去。

看到营地重新恢复宁静，妈说："真是太好了！"说着，和劳拉走了过来。

爸从商店出来，向工棚走去。工头弗莱德从工棚出来，碰到爸，和爸说了一会儿话。然后，弗莱德跨上马背，也往西去了。

爸哈哈大笑起来，妈和劳拉都一头雾水地看着他。

"杰瑞啊，杰瑞啊，"爸笑着说，"多亏了他，他把工人们都带到别的地方干坏事去了。"

"去哪儿了？"妈慌忙问。

"斯特滨营区发生了暴乱，各处营地的工人都去那儿凑热闹。卡洛琳，你是对的，这一点也不好笑。"爸收起笑容，严肃地说。

一整天，营地里都很安静，妈和劳拉也没有出去散步，没人谈论斯特滨营区的暴乱，没人知道那群坏蛋什么时候回来。整整一天，妈都焦躁不安，不时长叹一声。

晚饭时，工人们回来了，他们都沉默着，营区好像比白天时更安静。他们默默地吃完饭，都回工棚睡觉了。

爸很晚才回来，劳拉和玛丽都还没睡着，她们隔着布帘听爸妈谈话。

"放心吧，卡洛琳，"爸说，"他们都闹够了，都安静了。"

"他们都干了什么？有人受伤吗？"妈问。

"他们把出纳员吊了起来，有个人伤得比较重，被马车送去东部的医院了，其他人都没事。"爸说，"卡洛琳，不要担心，谢天谢地，我们躲过了一劫。"

"想想真是后怕。"妈颤抖着说。

"来，卡洛琳，"爸让妈坐在自己的腿上，"都过去了，铁路路基快要建完了，工人们都要走了。到明年夏天，我们就可以住在自己的放领地里了。"

"你什么时候去选放领地？"妈问。

"营地一撤，我就去选。"爸说，"在这之前，我必须待在商店里，你懂的，卡洛琳。"

"是的，我知道，你打算怎么处理那些工人的问题？他们杀了出纳员！"妈说。

"他们没有杀人。"爸说，"事情是这样的，斯特滨营区和我们这里一样，办公室在商店的后面，他们通过一个窗口给工人们发工资。工人们发现只有半个月的工资，就闹起来，他们叫嚷着说，如果不发整月的工资就砸烂商店。很多人还带着枪冲了进去。

"混战中，有个人用砝码砸了另一个人的头，被打的人像一头重伤的黄牛一样倒下，当人们把他拖出去时，他已经失去了知觉。

"人们拿着绳子去抓打人的人，那个人却迅速地跑进沼泽地高高的草丛里。他们在沼泽地里反复搜寻，最终还是没有找到。我猜，他们已经把那个人留下的痕迹都毁掉了。

"他们一直找到下午，一无所获。返回商店的时候，发现商店已经锁门，这时，他们才把伤者抬上敞篷车，送到东部去了。

"这时，其他营区的工人们也赶来了，他们吃光了食堂里的食物，还喝了很多酒，接着前呼后拥地冲到商店门口，对出纳员大喊大叫，要他们的工资。出纳员根本不敢出声。

"这帮酒鬼聚在一块，肯定不会有什么好事，有人发现了一条绳子，大喊'把出纳员吊起来'，其他人也附和着喊'吊起来'。

"有两个酒鬼爬上了房顶，在房顶开了个洞，把绳子垂下来，让下面的人抓住绳子的一端，绳子的另一端绕过房梁抛进商店里，套在出纳员的脖子上。"

"别说了，查尔斯，孩子们还醒着呢，别让她们听见。"妈说。

"哦，马上就说完了，"爸说，"他们把出纳员吊了起来。吊了两次，出纳员投降了。"

"出纳员打开窗户，开始发钱，他们要多少就发多少。很多其他营区的人也拿了钱，没人再管什么工资统计表了。"

"他们怎么能这样！"劳拉忽然愤怒地喊起来，"他们知道自己为谁工作吗？要是我，我就决不投降！"爸拉开窗帘，看见劳拉紧握着拳头跪在床上。

"你不会怎样？"爸问。

"我决不会给他们钱，他们威胁不了我！"劳拉说。

"那儿的暴动可比这里严重多了，"爸说，"而且，也没有杰瑞那样的人帮忙。"

"换作是你，你不会像他们那样的，是吧，爸？"劳拉问。

"嘘，你们小声点，别吵醒了妹妹。"妈说，"那个出纳员很明智，他至少保住了自己的性命。"

"啊，妈，你不会真的这样想吧？"劳拉小声抗议。

"有时候，后退一步，需要更大的勇气。好了，快睡吧！"妈说。

"妈，那个出纳员哪来的那么多钱呢，发光了，以后还怎么给其他人付工资啊？"玛丽问。

"是啊，他怎么会有那么多钱？"妈问爸。

"他们营地的商店很大，工人们领了工资就在商店里买东西。他们很快就把钱还给了商店，出纳员发的是商店的钱。"爸说，"孩子们，听妈的话，快睡吧。"爸放下了布帘。

玛丽和劳拉盖上被子，又叽叽咕咕地咬了半天耳朵，玛丽说她想回梅溪，劳拉没有接话茬。劳拉喜欢这里苍茫的大草原，甚至喜欢工人们粗犷的咆哮声，当然更喜欢爸临危不乱的样子。她还能想起那个下午，工人们汗流浃背地工作，马儿在沙尘中稳健地走着。她喜欢工人们的歌声，她不想回梅溪。

银湖上的鸟儿

天气越来越冷，天上的飞鸟也越来越多，无论什么时候，只要抬头望天，都能看到成群的鸟儿。这些鸟儿从东边往西边飞，从北方往南方飞。

太阳落山的时候，鸟儿就收起翅膀，降落在湖面上休息。

鸟儿种类很多，光是野鸭就有很多类，翅膀上有紫色和绿色条纹的叫绿头鸭，还有红头鸭、蓝头鸭、帆布潜鸭、水鸭等，另外还有很多叫不出名字的野鸭；

还有大个子的大灰雁，小个子的雪雁，雪雁趴在湖面上，真像一团雪一样；苍鹭、塘鹅、大鹤鹅更是数不胜数，还有小巧的泥鸡。最好玩的是潜水鸟，它的羽毛是黑色的，一听见枪响，就钻进水里，它在水里能待很长时间。

夜幕降临，湖面上黑压压的都是鸟儿。天亮之后，它们要继续往南飞，银湖成了它们的"客栈"。鸟儿是冬天的预言家，它们预感到了寒冷的来临，提前就开始漫长的迁徙。这样，在旅途中就有充足的时间休整了。停下来后，它们会操着各自的语言，叽叽喳喳地"说"上半天，然后，就在湖面上睡觉，在湖水中自由地徜徉。

一天，爸出去打猎，拎了一只雪白的大鸟回来。

"对不起，卡洛琳，"爸说，"我不知道它是天鹅，我没见过飞翔的天鹅，否则我不会打死它的。"

"查尔斯，现在说什么都晚了。"妈说。他们悲伤地看着天鹅，美丽的天鹅再也不能飞翔了。"来，我拔羽毛，留下绒毛，你剥皮。我们把天鹅皮鞣制成皮革。"妈说。

"它比我都大！"卡莉说。天鹅确实很大，爸把它的羽翼张开，用尺子量了量，足有八英尺。

过了两天，爸又猎回一只塘鹅。他掰开塘鹅的嘴巴，嘴巴里掉下来很多死鱼。强烈的腥臭味，让妈不得不用围裙捂住鼻子，卡莉和格蕾丝也捏住了鼻子。

"查尔斯，快把它拿走！"妈瓮声瓮气地说。妈在收集鸟儿的羽毛，打算做羽绒被子和羽绒枕头。很显然，塘鹅的羽毛不能用，它的肉也不能吃。

爸经常会打一些野鸭和大雁，野鸭和大雁的肉很好吃，劳拉和妈负责把野鸭和大雁烫了煺毛。有时候，爸还会打鹰，因为鹰经常猎杀其他鸟类。

"羽绒被快做好了，"妈说，"冬天的时候，你和玛丽就可以睡在羽绒被里了。"

整个金色的秋季里，鸟儿布满了天空，它们时而掠过湖面，时而振翅高飞，直插蓝天。各种鸟儿，在银湖这个中转站里，尽情展示着自己的飞翔技巧。

湛蓝的天空，金黄的原野，还有天空的飞鸟，这些都在召唤着劳拉。劳拉想出去走走，她不知道自己要去哪，就是想出去走走。

一天晚饭后，劳拉突然说："爸，我们去西部吧，亨利叔叔都去了，我们也去吧！"

亨利叔叔、路易丝堂姐和查理堂哥赚了不少钱，他们回到大森林卖掉农场，准备明年开春就和多丽阿姨一起迁往蒙塔纳。

"爸，您已经赚了三百美元，我们还有马车，我们为什么不去西部呢？"劳拉说。

"住嘴，劳拉。"妈说，"你不能——"妈没有再说话。

"我知道你，劳拉，你想像鸟儿一样飞翔，但是我们不能去。"爸说，"我早已答应了你妈，你们还是孩子，你们需要上学，去西部，你们就上不了学了。这里很快就会建个小镇，镇里会有学校，你们去上学，我来照料放领地。"

劳拉看了看爸，又看了看妈，知道自己再说什么都没用了，转身去收拾餐具。

"总有一天，你会感谢我的。查尔斯，你也会的。"妈温柔地说。

"卡洛琳，只要你高兴，我就高兴。"爸说。爸说的是真心话，但是劳拉知道，爸一直很想去西部。

"对了，劳拉，"爸说，"你妈曾经是一名教师，你的外婆也是，你们几个里面应该有个人做教师，也许你最合适，所以你更应该好好学习。"

本来爸是想让玛丽做教师的，但是玛丽做不了了。劳拉觉得自己的心砰砰地跳，又开始往下坠。她一句话都没说，脑子里却好像有两个小人在打架，一个说："不行，我不能做教师，我不想做！"另一个说："劳拉，你行的，你能做到！"

劳拉不想让爸妈失望，她会努力成为一名合格的教师。而且现在看来，除了教书，她也做不了其他的营生。

混乱的营区

　　寒冷的冬天要来了，天空仿佛更高了，无垠的草原伴随轻微的起伏也染上了深浅不一的黄色。一丛丛的草儿，有的浅黄，有的棕黄，有的褐黄，只有沼泽地里还有一片深绿色，仿佛给大草原盖上了五彩被子。往常，每到落日时分，鸟儿都会降落下来，在银湖湖面上叽叽喳喳地"交谈"着，在银湖这个"客栈"从容地休整。如今，鸟儿少了，过路的鸟儿顾不得休整，就匆匆往南飞。领头的鸟儿累了，马上会有另一只鸟取代它的位置，它们飞得又快又急。

一早一晚，劳拉和莉娜仍然要去挤牛奶。为了抵抗清晨的寒霜和夜晚的寒风，她们用厚厚的围巾包住头，再用别针别紧。她们光着的脚被冻麻木了，她们的鼻子被风吹得通红，只有蹲下来挤温热的牛奶时，才会舒服一点。厚厚的围巾包裹着她们，连脚面都被盖上了，她们边挤牛奶边唱歌：

> 美丽的小姐，你要去哪里？
>
> 姑娘说，先生，我要去挤牛奶。
>
> 美丽的小姐，让我跟你一起去吧？
>
> 姑娘说，好的啊，善良的先生，愿意来就来吧。
>
> 美丽的小姐，你的财富是什么？
>
> 我的脸蛋就是我的财富，先生，姑娘答。
>
> 哦，那我不能娶你，美丽的小姐。
>
> 没人要嫁给你，先生，姑娘说。

一天傍晚，莉娜对劳拉说："劳拉，我们得分别了，不知道什么时候才能再见面。"

铁路路基快要铺设完了，明天天不亮，莉娜、简恩和多西娅姑姑就要离开了。他们把商店里的东西装了三大马车，偷偷带走。他们不敢在天亮的时候走，也不敢告诉别人要去哪儿，因为他们怕公司追究。

"真想再和你骑一次小黑马。"劳拉说。

"妈的！"莉娜突然说了一句粗话，"这个夏天终于结束了！我一点也不喜欢这个小木屋，再也不用做饭！再也不用刷盘子了！再也不用洗衣服了！再也不用拖地板了！噢耶！"莉娜摇着牛奶桶，又说："再见了，你可能一辈子都得待在这个地方了。"

"是的，"劳拉伤心地说，"那么，就此告别吧！"劳拉知道莉娜要去西部了，甚至可能会去俄勒冈。

第二天一早，劳拉只能独自去挤牛奶。多西娅姑姑从饲料房运走了一马车燕麦，莉娜从商店里运走了一篷车货物，简恩运走了一车铲土机和犁头。海姑父还需要和公司做交接，完事后就去和他们会合。

"如果把这三车东西记在海的账上，他得欠了一屁股债。"爸说。

"查尔斯，你为什么不阻止他们。"妈焦急地说。

"这事儿我可管不了。"爸说，"我的工作是帮海采购，然后把账记在他的名下。放心，卡洛琳，这不是盗窃。海做的工作够多的了，但是公司却不给他钱。公司欺骗了他，他只不过换个方式拿回自己的报酬罢了。"

"好吧。"妈叹了口气，"无论如何，工人们终于要走了，我们可以安静下来了。"

工人们一个个结算工资离开营地，每一天都有人走，他们驾驶着一辆又一辆篷车向东部驶去。随着时间一天天过去，营地里的人越来越少。后来，亨利叔叔一家也离开了，他们要返回威斯康星州。食堂和工棚都废弃了，爸的商店也空了，但是他还待在那里，偶尔还有人来找他核对账目。

"我们也该去东部过冬了。"爸说，"虽然公司答应让我们住在这里，煤炭也够用，但是房子太简陋了，抵抗不了冬季的寒冷。"

"哦，查尔斯。"妈担心地说，"你还没申请放领地呢，如果咱们冬天把钱花光了，那么明年春天——"

"话是这么说，但是又能怎么办呢，"爸说，"离开之前，我先把放领地选好，春天回来就申请。夏天的时候，说不定我能找个好工作，赚到钱的话，我们就可以买木材，建个好房子了。现在我们就算建个草房子，也得花很多钱。这里的物价也贵，我们应付不来，还是得去东部过冬。"

劳拉有点失望，那样太麻烦，来的时候就走了很多路。她不想去东部，不想离开银湖，但是不管怎么样，明年春天还会回来，抱怨也没有用。劳拉想让自己心情好起来，但是她做不到。

"怎么了劳拉，不高兴啦？"妈问。

"是的，妈！"劳拉努力让自己轻松起来，但是结果却是更加难过。

最后一辆马车也走了，湖面上的鸟儿也都飞走了，银湖空荡荡的，天空也更蓝了。劳拉和妈开始修补篷车，并且开始烤制面包，当作长途旅行的干粮。

那天晚上，爸吹着口哨从商店回来，一阵风一样刮进屋里。"卡洛琳，我们不走了，"爸说，"就在勘探员的小屋里过冬怎么样？"

"啊，真的吗，爸？"劳拉惊喜地问。

"当然是真的！"爸说，"刚才有个勘探员来商店，他说他们本来打算留下来过冬，所以还备好了过冬的物资。如果我们愿意帮他们照看公司的工具，他们就去东部过冬，公司的人也同意了。卡洛琳，那间房子不错，密不透风。

"勘探员还告诉我，他们买了很多面粉和豆子，还有很多土豆和鲜猪肉，还有罐头呢，还有足够的煤。这些东西够我们用的了，什么都不用再买了。

"我说明早给他答复，你说呢，卡洛琳？"

大家都眼巴巴地看着妈，等妈答复。劳拉太高兴了，终于可以留在银湖了！终于可以不去东部了！妈的心里有点失望，她本想回东部的村子里住一段时间。看到大家这么兴奋，妈只好说："这是好事，查尔斯，还有煤，真是太幸运了。"

"晚饭都做好了，洗手吃饭吧。"妈说，"一会儿饭菜都凉了。查尔斯，这听起来不错。"

饭桌上，大家一直在谈论这件事。现在这间小木屋四处漏风，就算关上门，点上炉火，还是非常冷。能在勘探员的小屋里过冬，肯定很棒。

"难道你不感到高兴吗？"劳拉唱了起来。

"没有。"妈说。

"你不高兴吗，妈？"劳拉问，"想想那一屋子的食物。"

"整个冬天，我们不用花一分钱，还可以过得很好。"爸也说。

"我也感觉很好。"妈笑了，"查尔斯，你是对的，我们应该留在这儿。"

"我也说不清，卡洛琳。"爸说，"我们住在这儿也有不好的地方。我们在荒郊野外，最近的邻居也在六英里之外，要是出了什么事——"

忽然，一阵急促的敲门声响起，把大家都吓了一跳。爸冲着门外说："请进。"一个高个儿的工人走了进来。他穿着厚厚的外套，围着一个大围巾，胡须是黑色的，脸庞是红色的，眼睛漆黑，像印第安人一样。

爸说："你好，波斯特！今天晚上真够冷的，快来烤烤火，这是我的家人。"

妈给波斯特先生找了一把椅子。波斯特先生坐在火炉边，把手放在火炉旁边取暖。他的一只手受伤了，妈问："手是割伤的吗？"

"扭伤的，只要保持暖和，很快就会好的。"波斯特又转头对爸说："英格斯，我需要你的帮助，还记得我卖了一匹马给皮特吗？他只付了一部分钱，说过几天付另一部分，但是过去了那么久，他还是没付。我怕他带着马跑掉，想把马要回来。但是他有个儿子，我现在手受伤了，我怕自己对付不了他们父子俩。"

"我们有很多人手，足以对付他。"爸说。

"我不是这个意思，我可不想惹麻烦。"波斯特先生说。

"那你想让我怎么帮你呢？"爸问。

"皮特可能还不知道咱们这儿的情况，不知道这里没有政府，没有法院，没人管债务的纠纷，所以——"

"你是想让我弄一些法律文件，吓唬他？"爸问。

波斯特先生点点头说："我找了几个人，扮演治安官。"爸和波斯特先生的眼睛都顿时一亮。爸的眼睛发出蓝色的光，波斯特先生的眼睛则发出黑色的光。

爸拍着大腿大笑，说："这真是太有意思了，我正好有几张法律信笺纸。我给你弄几份文件，你先去找治安官吧！"

波斯特先生匆忙走了，妈和劳拉把桌子清理出来。爸拿来一张大纸，在上面写了起来，完了还画了一条红线。

"弄好了，这看起来就是一份重要文件啊，而且要立即执行！"爸笑着说。

波斯特先生回来了，还带了一个工人。这个人穿着大外套，帽子压得很低，把眼睛都遮住了。他的脖子上围着围巾，把嘴巴也遮住了。

爸对他说："你好，治安官，你就拿着这份文件，去把我们的钱要回来吧，不管怎么样，我们就指望它了。"他们都大笑起来，笑声把小木屋都震得晃动起来。

爸对着戴帽子的工人说："治安官，你很幸运，今天非常冷。"

当他们走了以后，爸对妈说："那个人不想让我认出他，但是我知道他就是勘探员的头儿。我打赌他是，输了我就把自己的帽子吃了！"说着，爸又拍着大腿笑起来。

半夜里，波斯特先生又来了，他和爸的说话声吵醒了劳拉。波斯特先生说："我看你屋里的灯还亮着，就过来了。那个办法管用了，皮特害怕极了，把钱都付给我了。所有钱都在这儿，我找的那个治安员，不要钱，说扮治安员比收钱还有趣。"

爸说："他的那一份你留着吧，我的这份得要，毕竟法律的尊严还是得维护。"

波斯特先生大笑起来，爸、妈、劳拉和卡莉也跟着大笑起来，笑得根本停不下来。爸的笑声就像洪钟一样，让人觉得舒服。波斯特先生的笑声很滑稽，让人觉得好笑。

妈说："轻点声，别把格蕾丝吵醒了。"

卡莉问："说的是什么笑话啊？"她刚醒，听到笑声也跟着笑了起来。

"那你笑什么呢？"劳拉问。

"波斯特先生的笑声太搞笑了，所以我就笑了。"卡莉说。

营区的食堂已经废弃了，波斯特先生就来小木屋吃早饭。这天早上，勘探员们也驾着马车去东部了。波斯特先生得等手上的伤好一些，能赶马车了才能走，他是最后走的。

波斯特先生走的时候，手上的伤还很严重，就是因为那天晚上冻着了。但他还是走了，因为他要赶到爱荷华结婚。

"要是我和妮尔在冬天到来之前就结婚，"波斯特先生说，"我就把她带来，和你们一起过冬。"

"你要能来就太好了，波斯特。"爸说。

"是啊，我们非常欢迎你们。"妈也说。

波斯特先生驾车离开了，爸妈一直目送着他，直到篷车的声音消失。

草原彻底安静了，没有人，甚至连一只鸟都没有。

爸驾着马车走到门口，喊道："卡洛琳，快出来，这里就剩我们了，今天就搬家。"

勘探员的小屋

小木屋距离勘探员的小屋只有不到半英里，所以没有必要把家里的东西打包。他们把东西统统搬进篷车，玛丽、卡莉、格蕾丝和妈也坐了上去。劳拉已经按捺不住激动的心情了，她对爸说："我不坐车，我能跑过去吗？"

"劳拉，你注意点，"妈说，"查尔斯，你也不管管她。"

"没事的，卡洛琳，"爸说，"劳拉不会跑丢的，她沿着岸跑，会一直在我们的视线里。只需要羊羔摆动两下尾巴的时间，我们就到了。"

劳拉已经冲到了前面，迎着寒风奔跑着。她的围巾飘起来，她的身体感受到了寒冷的入侵，她感到自己的血液变得冰冷。跑着跑着，她又感觉血液燃烧起来，因为急促地呼吸，胸口也剧烈地起伏着。

劳拉脚下的草都枯死了，又硬又粗糙。偌大的草原上空无一人，只有广阔的天空，只有风，一切都那么自由、那么冷清。劳拉不知不觉就跑过了那片曾经搭建帐篷的废弃地带。

奔跑的时候，劳拉听不见风声，当她停下的时候，才听见风在耳旁呼呼地吹着。看到篷车渐渐赶上来，她单腿跳过了一个干草堆。面对空旷的草原，她不由大喊起来："这里属于我们，所有一切都是我们的！"

劳拉用尽力气喊，但是声音很快被风吹走了。草原上巨大的安静像铁板一块，似乎什么声音都打不破它。

勘探员们踩出的小路直通小屋，小路踩上去又滑又软。劳拉听了一会儿风声，又沿着小路向前跑去。能第一个看见勘探员的小屋，一定是很酷的一件事吧！

房子突然映入眼帘，这可不是什么小屋，是个两层高的大房子，房子有很多玻璃窗户。

爸曾经说过，这幢房子里上上下下的木板都被风化成了黄灰色，每一条裂缝都用钉子钉好了。房子的门上有一个陶瓷做的把手，打开这扇门，就能到达后面那只有半个屋顶的小屋了。

劳拉小心地拉开门，又反手关上门，门在地板上划过一条弧线。她偷偷环视了一遍，才蹑手蹑脚地走上地板。地板是用木板做的，光着脚走上去不太舒服，但是清扫起来很方便。

这幢房子空荡荡的，仿佛一直在等待着什么。它知道劳拉来了，却不知道怎么接待她，就这么看着她。房间外，风刮过墙面，发出巨大的声响，劳拉踮着脚，穿过半个屋顶的披屋，打开了另一侧的房门。

劳拉的眼前出现一个宽敞的客厅，阳光从玻璃窗户照进来。从西侧照进来的阳光是温暖的、黄灿灿的，从东侧照进来的阳光则是冰冷的。黄色木板墙面显得很新，房间里有一个大炉子。这个炉子比妈在梅溪时用的炉子大多了，炉子上有六个盖子，还有一个高高耸立的烟囱。房间的墙壁上有三个门，都关闭着。

劳拉踮着脚走过地板，打开了其中一扇门。那是一个小房间，房间里有床架，还有一扇窗户。劳拉又打开了中间那扇门，她惊呆了，房间里竟然是一个楼梯，楼梯的宽度和门的宽度差不多。劳拉拾级而上，来到一个阁楼上。这个阁楼非常大，比下面的房间还要大一倍。阁楼有两面玻璃墙，阳光透过玻璃，照亮了整个阁楼。

还有一扇门没有打开，那扇门后藏着什么惊喜呢？劳拉想，勘探员一定很多，所以才需要那么多房间，而且房间很大，劳拉从没住过这么大的房间。

打开第三扇门，劳拉兴奋地大叫起来，好像把房子都吓了一跳。这是一个储物间，里面简直就是一个杂货铺。房间的四面全是架子，架子上摆满了盘子、锅、壶、瓶子、罐子。架子下面还有很多木桶和箱子。

第一个木桶里装着面粉，第二个里面装着玉米粉，第三个木桶盖子很紧，里面装满了咸肉，白色的肉片泡在盐水里，劳拉从没见过这么多的咸肉。一个箱子里装满了正方形的苏打饼干，一个盒子里装满了咸鱼干，还有整整两麻袋的土豆，很多麻袋的豆子。

篷车终于到了门口，劳拉跑出去大喊："妈，快来看呀，这里有很多东西，还有超大的阁楼。玛丽！这里有一个大炉子，还有很多苏打饼干！"

妈在房间里转了一遍，也非常高兴："真是太好了，房间很干净，我们马上就可以住下。卡莉，去把扫把拿给我。"

爸不必再架炉灶了，他把妈的炉子放在披屋里，那里有的是煤。爸开始生火，劳拉、卡莉和妈开始布置桌子和椅子。妈把玛丽的摇椅放在火炉旁，火炉已经开始冒热气了。玛丽舒服地坐在摇椅上，逗着格蕾丝玩，不让格蕾丝去给大家添乱。

爸和妈的卧室在楼下，妈在床架上铺好被褥，又盖上干净的床单，把爸和自己的衣服挂在墙上的钉子上。孩子们的卧室在阁楼上，卡莉自己一张小床，劳拉和玛丽睡一张大床。她们把衣服挂在阁楼的墙上，把箱子摆在窗户下面。

收拾好卧室后，她们走下楼来帮妈准备晚饭。爸搬着一个箱子走了进来。

"查尔斯，那个箱子是做什么用的？"妈问。

"这是格蕾丝的滑轮床！"爸说。

"我们太需要这个东西了！"妈大声说。

"对于格蕾丝来说，这个箱子足够深，她不会掉出来。"爸说。

"而且，它不高，白天的时候，可以直接塞进床底。"

妈说。

劳拉和卡莉在这个箱子里，给格蕾丝弄了一个舒适的小床，然后把它推进大床下面。睡觉的时候，再把它拉出来。

晚餐非常丰盛，勘探员的盘子非常可爱，让整个餐桌都活泼起来。勘探员还留下了酸黄瓜和泡菜，都装在广口瓶里，它们让烤鸭和炸土豆变得风味独特。晚饭后，妈从厨房里走出来。"猜猜这是什么？"妈说。

原来，妈拿来了桃子罐头和苏打饼干。她给每个人分了几块桃子，还有两块苏打饼干，说："来，庆祝一下吧，庆祝我们又住进了房子！"

在这样一间宽敞明亮的房子里吃饭，感觉就是不一样。他们慢慢吃光了爽滑、冰凉的桃子，舔干了甜蜜的罐头汁。

他们把餐具收拾了，拿到专门的餐具室里刷洗。忙完后，铺上红白相间的干净桌布，再放上一盏明亮的小灯，妈抱着格蕾丝躺在摇椅里，爸则颇有兴致地说："此时此刻，我都想来点音乐了，劳拉，去把小提琴盒拿过来。"

爸紧了紧琴弦，调了调音，又在琴弦上涂了些松脂，然后拉响了小提琴。音乐响起时，记忆中美好的冬日仿佛又回来了。爸心满意足地看着她们，又环顾了一下这间漂亮的房子。

"我得多做一些窗帘了。"妈说。

爸停下了琴弓，说："卡洛琳，你还不明白吗，这方圆多少英里内都没有人烟，而且，随着冬天的来临，那些人可能会搬到更远的地方去。所以，整个冬天，这里完全是我们的世界。今天我看到了一群大雁，飞得又高又快，根本没有在这里停留，我想这可能是最后一批大雁了，这里只剩我们了。"

爸又拉起了小提琴，劳拉和着旋律哼唱起来：

那个夜晚，风呼呼地刮着，

狂风刮过荒凉的沼泽地，

玛丽抱着孩子，

徘徊在父亲的门前，

父亲，请让我们进屋吧！

我乞求您的怜悯，

否则我怀中的孩子将会死去，

死在这狂风大作的沼泽地。

但是她的父亲聋了，

听不见她的哭诉，

看门狗狂吠，

村里的钟声响起，

大风吹过——

爸停止演奏，说："这首歌不合适，我觉得我们应该歌颂一些东西。"说完，欢快的音乐又响起，爸唱起歌来，劳拉和玛丽也跟着唱：

我这一生四处流浪，

也曾遭遇磨难，

但是无论我身在何方，

都应该用力向前划行。

我所求不多，

不在乎是否还清债务，

我抛却所有纷争，

只要划桨前行。

像爱自己一样爱你的邻居，

当你穿越世界的时候，

不要皱眉，更不要流泪，

只管划桨前行！

"这个冬天，我们只管享受生活，"爸说，"就像以前一样，是不是，卡洛琳？"

"是的，查尔斯，比以前还好，我们从没有住过这么好的房子。"妈说。

"简直就像卧在地毯里的虫子一样舒服。"爸说，"我在马厩的一端堆放了很多燕麦，给奶牛和马儿吃，它们也能过个舒服温暖的冬季了。是啊，我们应该感谢的事真的有很多。"说着，爸又调了调琴弦。

爸又拉起了小提琴，一首接一首地演奏，各种欢快的舞曲轮番上阵。格蕾丝睡着了，妈把她抱到卧室，放在滑轮床上，关门出来懒懒地听爸演奏。妈、卡莉、劳拉、玛丽，一直听着爸演奏的音乐，没人想睡觉。这是他们在这间房子过的第一夜，今晚，整个大草原都属于他们。

最后，爸终于演奏完了，他把小提琴又装进盒子里。当他盖上盒盖的时候，忽然一声悲伤的、孤独的嚎叫传来，声音离窗户很近。

劳拉一个激灵跳了起来，格蕾丝也哭喊起来，妈冲进去安慰她。卡莉睁大了眼睛，身体仿佛被冻僵了一样。

"那，那，那一定是狼。"劳拉对卡莉说。

"别怕，别怕！"爸说，"你们又不是没听过狼叫。卡洛琳，别担心，我已经把马厩关紧了。"

还有一个人

第二天一早，阳光明媚，但是气温更低了，越来越大的风预示着一场风暴即将来临。爸刚办完了一些事回来，坐在炉子边取暖，妈和劳拉在准备早餐。忽然，一阵篷车飞驰的声音传来。

篷车在门口停下，车夫大声叫喊着，爸走出去和他交谈起来。

不一会儿，爸进了屋子，急匆匆地穿上外套。他一边戴手套一边说："我们还有一个邻居，是个老人，一个人独居，他生病了，等我回来再和你们详细说。"

爸坐着陌生人的马车走了，过了很久才徒步走回来。

"天哪，天气越来越冷了。"他边说边把外套和帽子扔在椅子上，还没来得及摘掉围巾就凑到火炉旁取暖，"我刚才做了一件很棒的事。"

"那名马车夫是最后一个离开这里的人。他沿着吉姆河一直走，沿途居住的人都搬走了。昨晚他看到北方有一处地方亮着灯光，就想赶过去借宿一宿。

"灯光是从一个破木屋里发出的，屋里住着一个独居的老人。老人名叫伍德沃斯，患上了肺痨。他是来这里休养的，大草原清新的空气有利于治好他的病。他在这里度过了整个夏天，还想过一个冬天。

"老人已经病得气息奄奄，瘦得皮包骨头。马车夫想把他带走，告诉他否则就没有机会了。但老人不想走，断然拒绝了马车夫的好意。今天早晨，马车夫看到咱们的炊烟，就想过来找人帮他一起劝老人。

"老人很固执，坚定地认为只有草原的空气才能治好他的病，硬说这是医生给他的建议。"

"这里的空气确实很好。"妈说。

"是的，卡洛琳，或许这里的空气确实有利于肺痨患者，但是那个老人已经瘦得不成人形了，而且十五英里之内没人能照顾他，他应该和家人待在一起。

"无论如何，我和马车夫把他的行李搬上了马车。他的体重太轻了，卡莉，我抱他就像抱你一样。最终，他还是高兴地走了，当他回到东部的家人那里，他会更高兴的。"

"天气这么冷，他坐着篷车长途跋涉，很可能会冻死在路上。"妈边给炉子添煤边说。

"我们给他穿得很暖和，还给他围了一条厚毛毯，又把一包暖燕麦放在他脚边，应该不会有问题的。那个马车夫也是个很棒的小伙子。"爸说。

那个马车夫是离开这里的最后一个人了，他带着那个老人走了。想到这里，劳拉才感觉到这里有多么荒凉。从这里到大苏河有两天的路程，大苏河和吉姆河之间，除了他们自己，再也没有人烟了。

"爸，你出去的时候，看到狼的脚印了吗？"劳拉问。

"有很多，都围在马厩那里，但是它们进不去。"爸说，"狼的脚印很大，应该是那种猎牛的大狼。鸟儿都飞走了，羚羊也被工人吓走了，这里没有狼的食物了，它们很快也会走的。"

早饭后，爸去了马厩，劳拉做完家务也跟了过去，她想看看狼的脚印。

狼的脚印又大又深，肯定是又大又重的狼留下的，劳拉从没见过这么恐怖的脚印。"这种狼是草原上最大的狼。"爸说，"幸亏我有猎枪，否则拿它们一点办法都没有。"

爸开始在墙上钉钉子，劳拉负责给他递钉子。开始下雪了，风一直吹着，幸好不是风暴，但还是很冷。他们冻得张不开口说话。

晚饭时，大家围坐在温暖的饭桌上，爸说："我觉得天气不会一直这么糟糕，暴风雪是从明尼苏达州西部刮来的，我们这里距离西部还很远。"

饭后，一家人聚坐在火炉旁，妈温柔地摇晃着格蕾丝，爸拿过小提琴，又开始弹唱：

> 为哥伦比亚喝彩，这是一片热土！
> 向英雄们致敬，我们是最好的乐队！
> 就让我们紧紧团结在一起，
> 为了自由欢呼，
> 让我们去寻找和平和稳定吧。

玛丽交叉着双手安静地坐在摇椅上，美丽的大眼睛空洞洞的，毫无神采。爸看着她说："玛丽，你想听什么曲子呢？"

"爸，我想听《高原玛丽》。"玛丽说。

爸轻轻地弹奏起来，说："玛丽，我们一起唱吧！"说着，爸先唱了起来：

> 葱翠的树林多么茂盛啊，
>
> 山茶花那么鲜艳，
>
> 在那芳香的树荫下，
>
> 我将她紧紧拥入怀抱。
>
> 天使挥舞翅膀，
>
> 带着我的梦想和希望，
>
> 赐给我阳光和生命，
>
> 那就是我美丽的高原玛丽。

"太好听了！"唱完了第一段，玛丽高兴地说。

"是很好听，但是有点伤感，我还是喜欢《穿过麦田》这首歌。"劳拉说。

"那我来弹奏，大家一起唱，如果我又弹又唱，对我太不公平了。"爸说。

大家一起唱了起来，这首歌很欢快，劳拉跳起了舞。
她提起裙摆，好像要蹚过小溪，笑着唱道：

> 每个女士都有恋人，
>
> 哎呀，她们说，
>
> 当穿过小溪的时候，
>
> 每个人都对我微笑。

爸弹奏了几个短小的音符，接着唱道：

> 我是海军陆战队的骑兵队长，
>
> 我用玉米和豆子喂饱我的马儿，
>
> 我经常做出人意料的事儿，
>
> 我去向心爱的姑娘求婚，
>
> 因为我是骑兵队长，
>
> 我在军队里可是个头儿！

爸向劳拉点了点头，示意她接着唱：

> 我是麦迪逊广场的金克斯小姐，
>
> 我有漂亮的衣服和美丽的卷发，
>
> 队长委屈得哭了，
>
> 于是军队把他开除了！

"劳拉！"妈严肃地说，"查尔斯，这是女孩该唱的歌吗？"

"她唱得挺好。"爸说，"卡莉，轮到你唱了。去和劳拉一起，想唱就唱，想跳就跳。"

爸教她们跳波尔卡舞，让她们挽着手臂，跟着音乐跳。爸一边跳一边唱：

> 首先是脚跟，然后是脚趾，
>
> 这是跳舞的顺序，
>
> 首先是脚跟，然后是脚趾，
>
> 这就是跳舞的顺序，
>
> 首先——脚跟——然后——脚趾。

爸拉得越来越快，她们也跳得越来越快，进一步退一步，又打了个转儿，一直跳得冒汗，一直笑得直不起腰。

"来跳华尔兹吧！"说着爸换了曲子，音符被拉得很长，旋律缓缓流淌着。"跟着节拍跳，"爸说，"跳吧，跳吧，慢慢地滑动，慢慢地转身。"

劳拉和卡莉从房间的一头跳到另一头，又转了回来，在屋子里跳了一圈又一圈。格蕾丝趴在妈的膝头，看着她们，玛丽静静地听着音乐和她们的舞步。

"跳得好极了，孩子们。"爸说，"你们长大了，得学会跳舞。你们将成为很好的舞者，我们得在这个冬天多多练习。"

"爸，你怎么停下来了！"劳拉喊道。

"早就该睡觉了，"爸说，"别着急，冬天还长着呢！"

劳拉打开楼梯间的门，一阵寒风从上面吹下来。劳拉三步并作两步跑了上去，卡莉和玛丽也跟了上来。楼下房间的一根炉管延伸到这里，还带有一点温度。她们靠着炉管，哆哆嗦嗦地脱掉衣服，钻进冰冷的被窝，劳拉吹灭了灯。

劳拉和玛丽紧紧抱在一起，被窝渐渐暖和起来。屋子里被黑暗和寒冷笼罩着，只有风还在不知疲倦地吹着。

"玛丽，"劳拉说，"我猜，狼已经走了，我听不见它们的叫声了，你能听见吗？"

"但愿如此吧。"玛丽迷迷糊糊地说。

美好的冬日

天气更冷了，银湖湖面结冰了，雪也经常下起来，但是大风总会把冰面上的雪吹得一干二净。狂风卷着雪花飞进高高的草丛，飞到低矮的湖岸。

这片空旷的大草原，除了飞舞的雪花，再没有其他东西移动了；除了呼啸的风声，再没有其他声音了。

温暖舒适的室内，劳拉和卡莉帮妈做家务。格蕾丝在一边玩耍，她摇摇晃晃地走着，走累了就爬上玛丽的膝头，那是最温暖的地方。玛丽会给格蕾丝讲故事，讲着讲着，格蕾丝就伴着故事进入了梦乡。

做完家务，她们就围坐在火炉旁，做些编织、缝纫的活。妈把格蕾丝放在滑轮车上，和大家一起享受美好的午后时光。

爸没有忘记猎人的职责，他沿着大沼泽地安放捕兽夹，每天都去巡视。小披屋内已经晾上了他剥下的狐狸皮、土狼皮和麝鼠皮，这些皮被撑开了放在木板上晾干。

玛丽喜欢做针线活，她拿着劳拉给她的缝衣针，仔细地缝出细密的针脚。屋外的寒风呼呼地刮着，玛丽从没想过出去走走。

玛丽做针线活一做就是一个下午，就算黄昏来临，她也不会停下。她对劳拉说："就算在黑夜里，我也能缝，你看不见，但是我的手指能看见。"

"你做的比我做的好多了，无论什么时候都是这样。"劳拉对她说。

劳拉是个坐不住的女孩，她总喜欢在屋里走来走去，扒着窗户看外面的雪花，听外面的风声。妈总是对她说："劳拉，真不知道外面有什么吸引你。"有时候，劳拉也喜欢缝缝补补的午后时光，但是她永远不会像妈和玛丽那样热衷于缝纫。

在阳光明媚的日子了，无论室外有多么寒冷，劳拉总要出去走走。妈让她带着玛丽一起去。她们穿上厚厚的外套，裹上暖和的围巾和头巾，穿上棉靴，戴上手套，跑到银湖湖面上欢乐地滑冰。

这里离银湖很近，用不了多久她们就踏上了深蓝、光滑的冰面。她们在冰面上助跑，然后猛地停下，身体随着惯性在冰面上滑行。就这样，她们跑着、滑着、大笑着，直到玩得气喘吁吁，浑身都暖和起来。

在这个寒冷的冬日里，如果能滑上一下午的冰，回到温暖房间吃上一顿丰盛的晚餐，晚餐后再一起唱歌跳舞，没有比这更好的日子了，劳拉觉得自己就是最幸福的人。

一天，下起了暴风雪，爸拿过来一块四方的木板。他把木板放在炉子边，用铅笔在上面画了一个又一个的方格。

"爸，你在做什么？"劳拉问。

"等着看吧。"爸说。

他把火钳放在炉火中烧红，然后把每一个方格都烙黑了。

"爸，你到底要做什么，真是急死我了！"劳拉说。

　　"我看你挺好的。"爸笑着看了看一旁干着急的劳拉。爸又削好二十四块小木块，拿出十二块放到炉火里。他不停地翻转木块，直到木块的两边都烧黑了。

　　做完这些后，爸把木板放在膝盖上，又把木块放进木板的方格中。"你看，劳拉！"爸说。

　　"我看什么？"劳拉问。

　　"这是个棋盘，这些木块就是棋子，你搬把椅子过来，我教你下棋。"爸说。

　　劳拉学得很快，暴风雪还没停下，她就赢了爸一局。除了爸和劳拉，其他人对下棋都没有兴趣，所以，通常他们玩上一局，爸就把棋盘收了起来。

　　"下棋是个自私的游戏，只能两个人下。"爸说，"劳拉，去把小提琴拿过来吧。"

银湖上的狼

一天晚上，月亮升上半空，洒下清冷的月光。月光下，草原上是白茫茫的一片，寒风还在呼呼地刮着。

劳拉看着窗外的景色，那洁白的世界，反射着清冷的光，充满了诱惑力。今晚，她不想听爸弹奏的小提琴，不想跳舞唱歌，就是想出去走走。

忽然，她大叫起来："卡莉，我们去滑冰吧！"

"现在，去滑冰？"妈吃了一惊。

"外面很亮，像白天一样。"劳拉说。

"让她们去吧，外面没什么危险，但是不能玩太久了，否则会冻僵的。"爸说。

"你们可以出去跑跑，但是别跑太久，小心着凉了。"妈叮嘱道。

劳拉和卡莉飞快地穿上外套，戴上围巾和手套。她们穿着崭新的鞋子，鞋底很厚；穿着毛线织成的长筒袜，那是妈给她们编制的；还穿着红色的内衣裤，内衣很长，一直延伸到膝盖，然后用几个扣子和长筒袜连了起来。她们穿着法兰绒的裙子，很厚，很暖和。所有这些衣服都是用羊毛织成的。

她们走出屋子，刺骨的寒风立即包围了她们。她们开始赛跑，跑过了几个小土丘，跑过了马厩，又沿着奶牛和马儿踩出的小路往前跑。这条小路是奶牛和马儿去湖边喝水时踩出来的，小路的尽头是爸凿开的冰窟窿。

"我们得离冰窟窿远点。"劳拉说，说着她带着卡莉远远地跑开了。跑了一会儿，她们停了下来，抬头望着夜空。

夜色太美了，她们屏住呼吸欣赏着。一轮圆月挂在半空中，月光洒向洁白的世界，地上的雪反射清冷的月光，仿佛整个世界都是光编织成的。黑黝黝的银湖躺在月光下，冰面上留下了一条发光的月影。沼泽地里，高高的草丛笔直地排成一排，随着寒风，轻轻摇曳着。

湖岸的不远处就是马厩，过了那几个土丘，就是勘探员的小屋了。月光下，小屋只留下黑色的剪影，窗户里透出黄色的灯光。

"真静啊，你听，多静啊！"卡莉低声说道。

劳拉贪婪地欣赏着，这深远的夜空，广袤的草原，以及这两者之间皎洁的月光，真像一幅画，而劳拉觉得自己也是画的一部分。她觉得自己的内心被什么东西鼓动着，想飞起来。但是卡莉还小，已经有点害怕了，她拉着卡莉的手，小声说："我们去滑冰吧，来，跑起来！"

她们手拉着手，冲上湖面，滑冰要比跑快多了。"快，去月影上面，卡莉！"劳拉喊着。

她们飞快地滑起来，直冲向月影，离来时的岸边越来越远，离对岸越来越近。

她们像飞起来了一样，要是卡莉失去了平衡，劳拉就拉住她；反之，如果劳拉失去平衡，卡莉就扶住她。

她们渐渐靠近了对岸，在高高的草丛的阴影下，她们停了下来。劳拉感觉草丛里有什么东西，她盯着那里看，果然在草丛的阴影里，她看到一只狼。这是一只体型巨大的狼，风吹动着它身上的毛，它的眼睛正盯着她们。

"快往回跑。"劳拉迅速转身，拉起卡莉就跑，"我们看谁跑得快！"

劳拉用尽全力滑着，卡莉紧紧跟在身后。

"我看到了！"卡莉气喘吁吁地说，"那是一只狼吗？"

"别说话，快跑！"劳拉回答道。

劳拉能听见鞋子滑过冰面的声音，她还仔细聆听背后的声音，但是背后无声无息。她们一直滑到岸边，跑上小路，劳拉这才回头看了看，湖面上什么都没有，对岸也什么都没有。

她们继续往前跑，跑过土丘，跑过马厩，跑向屋子，拉开房门，一直跑进披屋，穿过披屋，又跑进客厅，然后"嘭"的一声关上门，一边喘着粗气，一边贴着房门听外面的动静。

"怎么回事，劳拉？"爸匆忙赶过来问，"你们怎么吓成这样？"

"劳拉，那是不是狼？"卡莉喘着粗气说。

"是狼，爸，"劳拉拼命地喘着气说，"是一条很大的狼。我怕卡莉跟不上我，幸好她跟上了。"

"你们做得很好！"爸说，"狼在哪儿？"

"不知道，可能走了。"劳拉说。

"快坐下来歇歇吧，看你们累的。"妈边说边帮她们脱下外衣。

"狼就在岸边。"卡莉说。

"对，就在银湖的那高高的对岸上。"劳拉补充说。

"你们跑了那么远？"爸吃惊地说，"你们跑了半英里啊！"

"我们是跟着湖面上的月影滑的。"劳拉说。

"怪我太粗心，我以为狼都走了，明天我就去猎捕它们。"爸说。

玛丽的脸吓得煞白，她颤抖着说："天呐，真是太惊险了，如果它追上你们——"

大家坐了下来，都不说话。

劳拉感到一阵后怕，幸好现在安全了，要是卡莉出了什么事……都是自己的错，不应该带卡莉跑那么远的。

劳拉还能回想起那头狼，想起它被风吹起的毛，想起它身上若隐若现的月光。

"爸！"她低声说。

"怎么了，劳拉？"爸问。

"我希望你找不到那头狼。"劳拉说。

"为什么？"妈疑惑地问。

"它没有追我们，"劳拉说，"或许它不想伤害我们，它原本可以追上我们的。"

一声长长的嚎叫打破屋外的寂静，另一只狼回应了一声，接着它们都消失了。

劳拉吓得瘫软了，差点掉到地上；幸好妈扶了她一把。

"可怜的孩子，看来，你真是吓坏了。"妈轻声说。

妈从炉子后面拿出一块热铁，用布包裹了，递给卡莉。"去睡觉吧，"她说，"这块铁可以用来暖脚。"

"这是你的，劳拉。"妈又抽出一块热铁包好递给劳拉，"把它放在中间，这样玛丽也可以暖脚。"

劳拉走进阁楼，关上门，爸正严肃地跟妈说着什么，但是因为耳边的风声太大，劳拉没听清楚他们说的话。

爸选好了放领地

第二天，吃完早饭，爸拿着猎枪就出发了。整个上午，劳拉都在等着那声枪响，其实她并不想听到。她的脑子里都是狼的样子，它静静地坐在月光下，毛发上反射着月亮的寒光。

午饭的时间到了，爸还没回来，又过了很久，他才走进屋。他在屋外清理了脚上的雪，进屋后把猎枪挂在墙上，把帽子和外套也挂起来，手套放在炉子边烤着。然后，他洗了洗手和脸，又对着镜子理了理头发和胡子。

"对不起，让大家久等了。"爸说，"卡洛琳，我没想
到自己会走那么远。"

"没关系，午饭一直温着呢。"妈说，"孩子们，吃饭
了，别让爸等了。"

"爸，你走了多远？"劳拉问。

"差不多有十英里，"爸说，"我就跟着狼的脚印一
直走。"

"你抓到狼了吗？"卡莉好奇地问，劳拉什么都没说。

"好了，让我慢慢给你们讲。"爸看了看卡莉笑着说，
"我沿着你们俩昨天的脚印，到了湖对岸，你猜我看到了
什么？"

"你一定发现了那只狼。"卡莉自信地说。劳拉似乎有
不祥的预感，她什么都没说，艰难地吃着饭。

"我发现了一个狼窝。"爸说，"狼留下的脚印，是我
见过的最大的。昨天晚上，那个狼窝里至少有两只大狼。"

妈惊叫道："查尔斯！"玛丽和卡莉都倒吸了一口
凉气。

"现在知道害怕了？"爸说，"你们昨晚走到了狼窝边，
那里不只有一条大狼。"

"那是一个老狼窝，它们在那里应该住了很多年，但是今年冬天它们没住在那里。它们是从西北部过来的，昨晚回到了老窝。它们只在那里住了一晚，狼窝周围留下了进进出出的脚印。也许是今早，它们沿着沼泽地一路向西，穿过了大草原。

"自从离开狼窝，它们就没有停下脚步，一路小跑着离开，似乎要进行一次长途跋涉，目的地很明确。我没有追上它们，它们这样离开也不错。"

听到这里，劳拉终于松了一口气。爸看着她说："劳拉，你不想让我逮到它们，是吧？"

"是的，爸。"劳拉说，"它们没想伤害我们。"

"是啊，劳拉。"爸说，"我也不明白，它们为什么放过了你们。"

"它们在那里都干了什么？"妈问。

"我想，它们只是回来看看，看看修路基的工人还在不在，看看羚羊还在不在。"爸说，"工人到来之后，猎人们杀死了最后一头水牛。这些狼一度很猖獗，但是铁路沿线的居民把它们赶走了，它们去了更远的西部。以我的经验来看，这一次，狼从西部过来，看了看，又直接回去了，它们只停留了一晚。或许，它们是这里最后的大狼了。"

"哦，它们真可怜。"劳拉有点惋惜地说。

"上天保佑！"妈说，"我们不仅要对它们表示抱歉，还应该感谢它们，昨晚它们对你们手下留情了。"

"除此之外，我还有一个好消息，"爸说，"我找到了我们的放领地。"

"哦，爸，在哪里，有多远，它是什么样子的？"劳拉、卡莉和玛丽异口同声地问。

"真是太好了，查尔斯！"妈也说。

"无论从哪个角度看，都很合适。"爸说。他推开盘子，喝了点茶水，擦了擦胡子，接着说："就在沼泽地与银湖交汇处的南边，大沼泽地在那块地的西边拐了一个弯，稍往南一点，有一块凸起的高地，正适合盖房子。沼泽地的西边有一个小山，山脚下有适合耕种的土地，整块地都有上好的牧草。对于一个农夫来说，那块地应有尽有。而且，离城镇还近，孩子们可以去上学了。"

"我真是太高兴了，查尔斯。"妈说。

"真是幸运，"爸说，"要不是去找狼，我还发现不了那个地方。我找了几个月，从没见过这么好的地方。"

"也许我们该早点申请，如果秋天的时候申请了就好了。"妈有点担心地说。

　　"没事，这个冬天，没人会去那里的。"爸自信地说，"来年开春，在其他人来寻找放领地之前，我就去布鲁金斯申请这块地。"

圣诞节快到了

鹅毛般的大雪下了整整一天，风很小，地上的积雪很厚。爸晚上出门干杂活的时候，随身带了一把铲子。

"我们要过一个白色的圣诞节了。"他说。

"是啊，我们一家团聚，过个快快乐乐的圣诞节，这真是太好了。"妈说。

大家都在秘密地准备礼物。玛丽给爸编织了一双温暖的长筒袜；劳拉从妈的碎布包里找了一块丝绸，给爸做了一条领带；卡莉和劳拉用以前棚屋的白布窗帘，在阁楼里偷偷给妈做了一个围裙。

她们还在碎布包里找了一块白色的细棉布。劳拉把它剪成一块小的正方形，玛丽把四边缝好，做成了一个手帕，也准备送给妈。她们把手帕藏在围裙的口袋里，又用薄纸包好围裙，藏在玛丽做拼布被面的碎布下面。

妈找来一条旧毛毯，毛毯很破，但是两端红绿相间的条纹还完好，妈就用两端的布料给玛丽做了一双拖鞋。劳拉和卡莉也参与了制作，劳拉做了一只，卡莉做了一只。她们还用纱线和毛线做了一个穗子，点缀在拖鞋鞋面上。妈小心翼翼地把拖鞋藏在自己的卧室里，玛丽肯定发现不了。

劳拉和玛丽想给卡莉做一副手套，但是手头的纱线不够用。她们有白色的纱线、红色的纱线和蓝色的纱线，但是每一种都不够做一副手套。

"我想到了。"玛丽说，"我们用白色纱线做手掌，用红色的和蓝色的纱线做手腕部分。"每天早上，当卡莉在阁楼里整理床铺的时候，劳拉和玛丽就偷偷地忙活起来。当听到卡莉下楼的声音，她们就把手套藏起来。终于，她们神不知鬼不觉地做好了手套。

给格蕾丝做礼物就不用躲藏了，她太小，还不懂事。大家就在客厅里给她准备礼物，她的礼物是最漂亮的。

妈剪了一块白色的天鹅皮，准备给格蕾丝做个帽子。这可是个细活，除了妈，没人能做这件事。天鹅皮特别柔软，妈一针一线地缝起来，又让劳拉和玛丽找了一块蓝丝绸，用来做帽子的衬底。终于，妈把衬底和天鹅皮缝在一起，做成了又美观又结实的帽子。

妈拿出她的一件旧冬衣，剪了一块蓝色的羊毛布，把它做成了一件小衣服。劳拉和卡莉把衣服缝好、熨好，玛丽又给衣服锁好边。妈又剪了一些天鹅皮，给衣服做了领口和袖口。这件蓝色的小衣服，有天鹅皮的装饰，再配上天鹅皮的帽子，穿在蓝眼睛的格蕾丝身上，一定漂亮极了。

"就像给洋娃娃做衣服一样。"劳拉说。

"格蕾丝肯定比洋娃娃漂亮多了。"玛丽说。

"我们现在就给格蕾丝穿上吧。"卡莉着急地喊着。

妈说，只有到圣诞节才能给她穿上。明天就到圣诞节了，漂亮的衣服很快就要派上用场了。

爸出门打猎的时候，保证要打一个长腿大野兔，作为圣诞节的晚餐。爸做到了，他提着一个大野兔回来，谁也没见过这么大的野兔。爸给野兔剥了皮，清洗干净，放在屋外冷冻起来，就等明天在披屋里烤着吃了。

晚上，爸从马厩回来，跺掉脚上的雪，清理了一下胡子上的冰碴，然后伸手在炉子上取暖。"嗨！"他说，"天气这么冷，我想圣诞老人也不会来了吧？"说着，他向卡莉挤了挤眼。

"我们不需要圣诞老人！我们已经——"卡莉慌忙捂住嘴，偷偷看了看劳拉和玛丽，她差点就把秘密说出来了。

爸欣慰地看着她们，然后转过身，让炉子烤自己的背部。

"无论如何，我们觉得很幸福。"他说，"动物们也很幸福，我们也给它们准备了大餐，是吧，卡洛琳。真是个不错的圣诞节。"

"的确如此。"妈一边应和着爸，一边把碎肉玉米汤端上桌，然后又给每个人倒了一杯牛奶，"都过来吃饭吧，热乎乎的饭菜下肚，马上就暖和起来了，这比什么都强。"

晚饭后，他们都坐下来回忆以前过的圣诞节。他们一起度过了很多个圣诞节，明天他们将再过一个快乐的圣诞节。

劳拉还记得自己收到过的圣诞礼物。在大森林的时候，她收到了一个布娃娃，现在还留着呢。在印第安保留区，她得到了一个锡杯和一便士，现在这些都已经不在了。她还记得送她礼物的人，是爱德华先生，他徒步四十英里给自己买的礼物。自从爱德华先生沿着弗底格里斯河走后，就再也没有听到过他的消息，他现在过得还好吗？

"无论他在哪里，我们都祝福他和我们一样幸运。"爸说。确实如此，他们都希望爱德华先生过得幸福。

"爸，幸亏那天你回来了，没有迷失在暴风雪中。"劳拉说。她们静静地看着爸，想起了那个可怕的圣诞夜，那天爸差点没回来。

妈想到那个场景，眼泪盈眶，她努力不让眼泪流下来，但还是用手擦了擦眼泪。大家都假装没看到这些。"我们应该感恩，查尔斯。"妈边说边吸了吸鼻子。

"我那时真是个傻瓜。"爸大笑着说，"我饿了三天三夜，只能吃牡蛎干和圣诞节糖果，其实我离家只有一百码，就在那条小溪的河床上。"

"我觉得我们过得最好的圣诞节，是有圣诞树的那一个。"玛丽说,"那时候卡莉还小,可能不记得了,啊,那个圣诞节真的是太棒了!"

"我觉得,还是这个圣诞节最好。"劳拉说,"卡莉长大了,我们还有了格蕾丝。"卡莉坐在旁边,最小的妹妹坐在妈的膝盖上,她有着阳光般的金发和紫罗兰一样的眼睛,她是最漂亮的。

"是啊,这次确实是最好的。"玛丽说,"明年也许会更好,因为我们都上学了。"

喝完了浓汤,爸又喝干了他的牛奶,接着喝起了茶。"今年,我们可能没有圣诞树了。"爸说,"这里没有灌木,但是我们还是可以举行一个圣诞聚会,玛丽。"

爸拿过了小提琴,当妈和劳拉刷好盘子和杯子,爸已经调好了琴弦,并给琴弓上好了松脂。

窗户的玻璃上铺满了冰花,门缝处也盖着厚厚的一层冰。窗外漫天飞舞着雪花,但屋子里的炉子却冒着热气,红白相间的桌布上灯光明亮。

"刚吃完饭,不能马上唱歌。"爸说,"我先弹几首曲子给你们听吧。"

乐曲很快从他的指尖流淌出来,有《去俄亥俄州河的下游》《为何铃声这么欢快》,当然还有——

> 叮叮当，叮叮当，铃儿响叮当，
>
> 今晚滑雪多快乐，我们坐在雪橇上，
>
> 叮叮当，叮叮当，铃儿响叮当，
>
> 今晚滑雪多快乐，我们坐在雪橇上。

爸停了下来，微笑着问大家："准备好唱歌了吗？"

小提琴换了一首曲子，爸演奏了几个音符后，大家一起唱起来：

> 是的，一个美好的清晨即将来临，
>
> 下面还有更好的日子，
>
> 整个世界将要苏醒，
>
> 在一个金色的黎明中。
>
> 很多工人都会过来说，
>
> 走吧，我们去山上寻找上帝！
>
> 他会指导我们，他会以自己的方式指导我们，
>
> 那样我们就会走上他的道路。

小提琴的声音渐渐低下来，仿佛只是弹唱给爸听，接

着，琴声又响亮起来，他们再一次合唱：

太阳多么温暖，照耀大草原上的万物，

露水滋养花儿，

一双双眼睛多么明亮，

看那秋日的曙光。

那亲切的话语，

真诚的微笑，

比夏日的太阳还要温暖，

比清晨的露水还要纯洁，

世上有更精湛的艺术，

但是它不能让人满足，

黄金和宝石，

也不能填满人心。

啊，如果那围绕圣坛的人，

言语亲切，

微笑温暖，

这个世界将会多么美妙啊！

玛丽突然大叫起来:"外面有人!"

"怎么了,玛丽?"爸问。

"外面有人在叫,你们听到了吗?"玛丽说。

他们只听到,桌子上的灯发出小小的爆裂声,炉子中的煤发出"啪啪"的声响,透过玻璃,窗外无声地飘着雪花。

"你听到了什么,玛丽?"爸问。

"听起来像是——听,又叫了!"玛丽说。

这次他们都听到了,是一个男人在狂风中叫喊,声音离房子越来越近。

妈站了起来:"查尔斯,这会是谁?"

突然的访客

爸放下小提琴，走过去拉开前门，伴随着狂风和暴雪，一声嘶吼传了进来："嗨——英格斯！"

"是波斯特！"爸叫了起来，"快进来，快进来！"爸抓起外套和帽子，立即冲了出去。

"他肯定冻坏了！"妈边说边往炉子里添加了一些煤炭，很快外面就传来了波斯特先生的独特笑声。

爸打开门，走进来大声说："卡洛

琳，这是波斯特太太。"被叫作波斯特太太的女人裹着毛毯，穿着厚厚的衣服。

妈赶紧过来帮她脱掉外衣，"快来炉边取暖，你肯定冻坏了。"

"没事，波斯特用毛毯把我裹了起来，我在马车里一动不动，寒冷接近不了我。骑马的时候，是波斯特帮我牵的马，所以我的手也没冻着。"一个悦耳的声音回答道。

"看，你的面纱都结冰了。"妈一边帮她取下羊毛面纱一边说。波斯特太太的面庞露了出来，她看上去比玛丽大不了多少，头发是棕色的，睫毛很长，眼睛是蓝色的。

"你们骑了多久的马？"妈问。

"就两英里。"她说，"我们是坐着雪橇过来的，结果连马带雪橇一起陷进泥沼中了。大雪围困住了我们，波斯特使劲拽出了马，但是对雪橇就无能为力了。"

"嗯，雪太大了，盖住了泥沼，"妈说，"所以你们才会误入到那里。那里的草很高，陷进去就被淹没了。"

"波斯特太太，来坐我的椅子吧，这个地方暖和。"玛丽热情地说。但是波斯特太太只坐到了玛丽的旁边，她说那里已经够暖和的了。

爸和波斯特先生来不及清理脚上的积雪，就匆忙钻进

小木屋的故事

了披屋。接着，波斯特先生又发出了爽朗的笑声，屋里的其他人都被他的独特笑声给逗乐了。

"不知道为什么，虽然不知道波斯特先生笑什么，但是只要听到他的笑声，我就想笑。"劳拉对波斯特太太说。

"笑声是有感染力的。"波斯特太太笑着说。劳拉看着她蓝色的眼睛，心想，和她一起过圣诞节一定很快乐吧。

妈开始给客人准备晚餐，她边做小饼干边说："波斯特先生，你和太太一定饿坏了，晚饭马上就做好了。"

劳拉也过来帮忙，她把一块咸肉放在平底锅里，接着削起了土豆皮，然后把土豆切成片。妈把小饼干放进烘烤箱里烤制，然后夹出肉片，在肉片上裹了些面粉，又放进油锅里炸。

"我们做些炸土豆片，再准备些牛奶，食物就不用愁了，但是圣诞节礼物怎么办呢？"妈低声问劳拉。

劳拉没想到这件事，她们本来没想到波斯特先生会来。妈开始炸土豆片和准备牛奶了，劳拉则走出去摆餐桌。

"晚餐太丰盛了，我们很久没吃到这么美味的晚餐了。"饭后，波斯特先生和波斯特太太说。

"我以为，你开春后才会过来。"爸说，"要知道，在冬天里走这么远的路，可不是一件容易的事。"

"确实如此。"波斯特先生说,"但是,时间不等人,到了春天,大队人马都来了,我们要抢在他们之前选好放领地。所以,不管天气如何,我们还是提前过来了。去年秋天的时候,我们已经选好了放领地,如果等到开春,很可能就剩不下什么好的土地了。"

爸和妈对视了一下,他们都想到了爸找到的那块放领地。许久,妈说:"时间很晚了,波斯特太太一定很累了。"

"确实有点累。"波斯特太太说,"雪橇陷进泥沼后,骑着马赶路很艰难。当我们看到你们家的灯光时,我们高兴坏了,我们还听见了你们的歌声,太好听了。"

"那么,我们再一起唱一会儿吧。"爸说,"晚上,我和波斯特先生就睡在炉边。卡洛琳,你就和波斯特太太一起睡。"

爸拿过小提琴,说:"波斯特,唱什么呢?"

"就唱《圣诞的快乐无处不在》吧。"波斯特先生说。爸弹奏起来,大家跟着旋律唱起来。波斯特先生的低音融入爸的高音中,波斯特太太的低音被劳拉的高音吸收,玛丽也唱了起来,然后是妈的声音,最后卡莉的小高音也欢快地响起:

欢乐，圣诞节成了欢乐的海洋！

空气中都流淌着快乐的气息，

钟声敲响，圣诞树立起来，

微风送来圣诞的味道。

我们多么快乐，

歌声中充满了感激的欢笑，

太阳高高在上，

把阳光洒满大地。

阳光照射疲惫的旅者，

抚慰他们沉重的心情，

他们将受到指引，

他们将走向光明。

　　唱完了歌，大家互道晚安，准备睡觉。妈从楼上拿来卡莉的被褥，为爸和波斯特先生铺好了地铺。"你们三个女孩就挤一晚吧。"妈说，"他们带来的毯子都湿透了。"

　　"妈！礼物怎么办呢？"劳拉小声地问。

　　"你就别操心了，我来想办法。"妈小声对劳拉说。然后她提高了声音说："现在，你们都睡觉吧，晚安，做个好梦！"

波斯特太太还在哼着歌：

阳光照射疲惫的旅者，

……

快乐的圣诞节

第二天一早，爸和波斯特先生就出门干活了。听到"嘭"的一声关门声后，劳拉哆哆嗦嗦地掀开被窝，她穿上衣服冲到楼下，想帮妈准备早餐。

波斯特太太已经在帮妈忙活了，炉子把屋里烤得暖烘烘的，锅里的粥冒出热气，水壶里的水也沸腾了，就连餐桌都摆好了。

看到劳拉下来，妈和波斯特太太异口同声地说："圣诞快乐！"

"圣诞快乐！"劳拉回答。餐桌像往常一样摆设，每个位置上都放着盘子，盘子翻过来盖着餐具，不一样的是，每个盘子上多了一个小包裹。包裹有的大，有的小，有的包着彩色的包装纸，有的包着普通的包装纸，都缠着丝带。

"你也看到了，劳拉。"妈说，"我们没挂长筒袜，礼物都放在餐桌上，吃饭的时候就可以拆开礼物了。"

劳拉跑回阁楼，同卡莉和玛丽说，准备的礼物都被妈翻出来了，现在就在餐桌上，早饭前就可以拆礼物了。当然，妈自己准备的礼物还没露面呢。

"我们不能拆礼物。"玛丽有点伤心地说，"我们没有给波斯特先生和波斯特太太准备礼物。"

"妈说她会准备的。"劳拉说，"妈昨晚告诉我了。"

"怎么可能？"玛丽说，"我们不知道他们要来，来不及准备礼物啊！"

"放心吧，妈会处理好的。"劳拉说。她从玛丽的盒子里取出妈的圣诞礼物，走下来，悄悄放在妈的盘子上。玛丽和卡莉也下来了，她们看到，波斯特太太和波斯特先生的盘子上都放着包裹。

"啊，我都等不及了。"卡莉小声说。她的一双小手紧紧地握在一起，瘦削的脸有点苍白，但大大的眼睛却闪着光。

"不行，我们得忍忍。"劳拉说。格蕾丝最沉得住气，她太小，还不知道拆礼物。她仿佛也很兴奋，大喊大叫着，原来玛丽忘了给她扣扣子。

"圣诞快乐，圣诞快乐！"格蕾丝口齿不清地喊着，边喊边跑，还扭动着身体。妈制止了她，告诉她好孩子是不能吵闹的。

"格蕾丝，过来，从这里可以看到外面。"卡莉说。她对着窗户哈着气，融化了窗户上的一小块冰花，透过这块玻璃，她们能看到外面的景象。"他们回来了！"卡莉喊道。

披屋里传来一阵跺脚声，爸和波斯特先生先后走了进来。

"圣诞快乐！圣诞快乐！"他们大声喊道。

格蕾丝躲在妈的后面，从裙角后面露出头，看着陌生的波斯特先生。爸走过来抱起格蕾丝，把她往上抛着，格蕾丝兴奋地又笑又叫。劳拉小的时候，爸也经常这样抛她，现在她已经长大了，不记得小时候的事，但是仍然跟着格蕾丝一起笑着。这是个值得感恩的圣诞节，屋里飘着美食的香气，还有客人做伴。阳光透过布满冰凌的窗户，洒下银色的光芒。等到吃早饭的时候，太阳升起来了，东边的窗户又被装饰成了金黄色。而屋外，阳光洒满白色的大草原。

"波斯特太太，你先拆礼物吧。"妈说。波斯特太太是客人，按照礼节，她应该首先拆礼物。波斯特太太的礼物是个镶着蕾丝花边的细麻布手帕，劳拉知道，那是妈最喜欢的一块手帕。波斯特太太又惊又喜，她根本没想到自己也能收到礼物。

接着，波斯特先生也打开了礼物，他的礼物是红灰相间的手套，这副手套正适合他。这本来是妈给爸准备的，但是客人应该有礼物，以后再给爸做吧。

爸也打开了礼物，他说自己正需要一双长筒袜，因为寒风总会灌进他的靴子里。他也很喜欢领带，他夸奖了劳拉，说："饭后，我就戴上它，我得打扮好，迎接圣诞节！"

妈拆开了自己的礼物，当她拿出那件白色的围裙时，每个人都发出赞叹的声音。妈马上穿上围裙，展示给大家看。她摸着围裙的镶边，对卡莉说："卡莉，你做的镶边很漂亮。"又对劳拉说："你做的衣褶也很均匀，我非常喜欢这个围裙。"

"看看衣兜里，"卡莉叫起来，"还有礼物呢！"

妈掏出了衣兜里的手帕，一下子愣住了。她刚把自己的手帕送给波斯特太太，现在又得到了一块，这一切那么巧合，就像是事先计划好的一样。当然，这些话不能当着波斯特太太的面说。她摸着手帕边的褶皱说："玛丽，谢谢你，这个手帕很漂亮。"

玛丽拿到了自己的拖鞋，大家都想不到这么漂亮的拖鞋竟然是用旧毯子做的，不由得赞叹起来。波斯特太太说，以后她的毯子旧了，也用毯子做一双拖鞋。

卡莉戴上了自己的手套，她拍着手说："哦，我的国旗手套，我的国旗手套。"她的手套和国旗的颜色很像。

劳拉打开了自己的礼物，也是一条围裙。这条围裙比妈的小一点，是妈用另一个窗帘做的。这条围裙也是印花棉布的，上面有两个口袋，口袋边都镶了窄窄的花边。这是妈、卡莉和玛丽合作完成的，卡莉负责缝合，玛丽负责镶嵌花边。这些日子，卡莉和玛丽做了两个围裙，她们的心里也藏了两个秘密，都快把她们憋坏了。

劳拉说："谢谢你们，谢谢你们所有人，针脚很细密，玛丽，辛苦你了。"

最激动人心的时刻到了，妈拿出了格蕾丝的礼物。在所有人的注视下，格蕾丝穿上了她的蓝色外套，戴上了可爱的天鹅皮帽子，整理了领子，又理了理金色的头发。蓝丝绸的流苏衬着她可爱的脸庞和蓝色眼睛，她抚摸着手腕处柔软的天鹅绒，又挥动小手微笑起来。

格蕾丝多么漂亮啊，又那么活泼，让人怎么也看不够。妈可不想把她宠坏了，过了一会儿，就脱掉了她的新衣服和帽子，放到了卧室里。

劳拉发现自己还有一个礼品盒，卡莉和玛丽也各有一个，她们立即打开了盒子，原来是一个装满了糖果的粗布袋。

"是圣诞糖果！"卡莉喊道。"圣诞糖果！"劳拉和玛丽也喊起来。

"这是哪儿来的？"玛丽问。

"也许，昨晚圣诞老人来过。"爸笑着说。

她们立即炸开了锅："我知道，我知道，是波斯特先生拿来的，谢谢，谢谢你们！"

开饭了，劳拉收起所有包装纸，帮妈拿来早餐。早餐有烤玉米饼、热饼干、薯片、鳕鱼肉汁和满满一玻璃碟的苹果酱。

"很抱歉，我们的奶牛产的牛奶不多，所以我们没法做奶油。"妈说。

所有人都觉得早餐已经很好了，玉米饼和土豆上抹着鳕鱼肉汁，热饼干蘸着苹果酱，没有比这更好的早餐了。这就是圣诞早餐，一年只有一次，接下来还有圣诞午餐。

早餐后，爸和波斯特先生带着铁锹、牵着马儿去找雪橇。铁锹可以把雪橇从雪里挖出来，马儿能把雪橇拉回来。

玛丽安静地坐在摇椅上，卡莉开始整理床铺，劳拉、妈和波斯特太太穿上围裙、卷起袖子，开始清洗餐具，然后准备午餐。

波斯特太太很风趣，她对一切都充满了兴趣，她特别佩服妈，因为妈总是把一切都整理得井井有条。

波斯特太太问劳拉："你们没有足够的牛奶，酸奶不多，那么这些美味的饼干是怎么做出来的？"

劳拉说："我们可以用发酵好的面糊。"

波斯特太太从没有这样做过饼干，劳拉就开始教她，教学的过程充满了乐趣。

劳拉先取出适量的发酵好的面糊，再撒上苏打、盐和面粉，然后再在面板上捏出饼干的样子。

波斯特太太问："发酵的生面糊是怎么做的？"

"用水和面粉，装在罐子里，一直等到面糊变酸就行了。"妈说。

劳拉补充说："不要一次用完，留下一点做引子，可以把剩下的面包屑加入进去，再添上适量的温水，就像这样。"劳拉边说边示范，她往罐子里加入温水，再把干净的布垫和盘子扣在罐子上。她把罐子挪到火炉旁的架子上，说："要把它放在温暖的地方，随时用随时取。"

波斯特太太说："我从没吃过这么好吃的饼干。"

大家说说笑笑，一上午很快就过去了。爸和波斯特先生进屋的时候，午餐已经快好了。火炉上正炖着肥大的兔子，火炉后的咖啡壶里也开始冒泡了，煮熟的土豆正散发着香气。肉香、面包的香味、咖啡的香味混合在一起，让每个人心情都好起来，爸和波斯特先生忍不住深吸了一口气。

"查尔斯，壶里烧开了水，可以用来沏茶。"妈说。

"太好了，冬天里，男人就该喝茶。"爸高兴地说。

劳拉开始整理餐桌，她铺上白色的桌布，在桌布的中间放一个糖罐，又摆上一玻璃碗的奶油。卡莉开始布置餐具，她在每个位置上放上刀叉，又往每个人的杯子里倒满水。劳拉把一摞盘子放在爸的位置上，又蹦蹦跳跳地给每个位置摆上一个玻璃碗，玻璃碗里有金色桃子罐头。做完这一切，整个餐桌漂亮极了。

妈把空罐和空锅放进食品柜，帮劳拉把最后一道菜摆上餐桌。正好爸和波斯特先生此时也洗漱完毕了。

妈和劳拉换下了做饭时的衣服，换上了她们的圣诞礼物——围裙。

"午饭好了，快过来吧！"妈说。

"波斯特先生，来，坐，别看盘子小，食物是足够的。"爸说。

爸的面前有一大盆兔子肉，肉的旁边放着在兔子肚子里烤制的面包和洋葱。桌子的另一边放着一盆土豆泥，还有一大碗肉汁，一盘热蛋糕，一些热饼干，以及一小碟腌黄瓜。

妈给每个人倒上咖啡和热茶，爸在每个人的盘子里堆满了兔肉、土豆和肉汁。

"圣诞午餐，我们还是第一次吃兔子肉。在以前住的地方，兔子肉太平常了，圣诞节我们只吃火鸡。"爸说。

"是的，以前住在印第安保留区时，我们吃得最多的就是兔子肉，那时候可没有腌黄瓜和桃子罐头。"妈说。

波斯特先生说："我从没吃过这么好吃的兔肉，肉汁也很好吃。"

"只要饿了，吃什么都香。"妈谦虚地说。

"我知道兔子肉为什么这么好吃。"波斯特太太说，"因为英格斯夫人在兔子肉上，加了一层薄薄的咸猪肉。"

妈说："是的，我想这样能让兔子肉更鲜美。"

除了妈，每个人至少都吃了满满两盘食物。爸和波斯特先生开始吃第三盘，卡莉和劳拉还在吃，波斯特太太又吃了一块饼干，妈只吃了一点面包和洋葱。"我吃得太饱了，连一汤匙东西都吃不下了。"波斯特太太宣布。

当爸再一次添加食物的时候，妈说话了："查尔斯，留点肚子，还有波斯特先生。"

"还有别的东西？"爸问。

妈从食品室里端出了一盘苹果派。

"是苹果派，我们还有苹果派！"爸惊呼道。

"天哪，早知道，我就不吃那么多了。"波斯特先生说。

每个人又吃了一块苹果派，剩下的让爸和波斯特先生分了。

"这是我吃过的最丰盛的圣诞午餐。"波斯特先生心满意足地说。

"这是我们在这里的第一个圣诞午餐。"爸说，"我觉得还不错，至少很舒服。以后可能还会有很多人在这里吃圣诞午餐，他们的食物或许更精致，但是可能不如我们舒服。"

过了好一会儿，爸和波斯特先生才恋恋不舍地站起来，妈开始收拾餐桌。她对劳拉说："我来刷碗，你去帮波斯特太太收拾房间。"

波斯特太太和波斯特先生要住进勘探员的办公室，就在不远的地方。波斯特太太和劳拉穿上外套和披肩，戴上帽子和手套，全副武装地出发了。爸和波斯特先生已经开始从雪橇上卸东西了。

小屋真的很小，一张双层床就占去了一半，爸和波斯特先生把炉子架在门后，波斯特太太把桌子放在窗户下，桌子下面放了两把椅子。劳拉抱过来羽绒床垫和被子，帮波斯特太太整理好了床铺。

屋子里没有铺地板，箱子放在床和桌子之间可以当凳子用。炉子上面的架子可以装餐具，旁边的箱子也可以放餐具。小屋装得满满当当，勉强能拉开门。

收拾完后，爸说："这里太小，挤不下我们四个人，先到我那里去吧，那里宽敞一些，就把那里当成总部好了。

波斯特，咱们去下盘棋吧？"

波斯特太太说："你们先去，我和劳拉随后就来。"

等他们走后，波斯特太太神秘地掏出一个纸袋，对劳拉说："我有一个小秘密，这是做爆米花的干玉米，波斯特不知道我带了。"

她们拿着干玉米偷偷来到勘探员的小屋，又溜进了食品室，悄悄告诉了妈。当爸和波斯特先生专心致志地下棋时，她们悄悄地往热锅里倒了些猪油，当猪油翻滚的时候，抓了一把干玉米放进去。随着玉米爆开的声音，爸迅速扭头看了看四周，"爆米花！"他大喊道，"波斯特，你居然藏了爆米花，我已经很长时间没吃过爆米花了。"

波斯特先生说："我没带爆米花啊！啊，妮尔，你真调皮！"

"你们下棋吧。"波斯特太太笑着说，"你们那么忙，怎么会知道我们在干什么。"

"对，"妈说，"别让我们干扰了你们。"

爸说："波斯特，你认输吧。"

"不行，还早着呢！"波斯特先生回答道。

妈做好了一锅雪白的爆米花，放进奶锅里，劳拉在上面撒了一些盐。然后，她们又做了一锅爆米花，奶锅里都快放不下了。大家都围过来吃爆米花，一边吃一边谈笑着，一直玩到晚饭时间。爸又拿起了他的小提琴。

劳拉觉得每一个圣诞节都比前一个好，也许，这是因为她在不断成长吧。

欢乐的冬天

圣诞节的欢乐气氛又持续了几天，每天早上，波斯特太太做完早饭就会来找劳拉，和这个"别人家的女孩"愉快地度过一天。她总是很快乐，加上那一头柔顺的黑发，带笑的眼睛和光洁的脸颊，让人感觉那么舒服。

新年的第一周风和日丽，天气像温牛奶一样，草原上的雪都融化了，恢复了它的原貌。这一天，波斯特太太准备了丰盛的午餐，邀请大家一起去做客。

她找来劳拉帮忙,她们把桌子放在床边,桌子的一角紧挨着床,另一角几乎碰到了火炉,但不管怎样,总算是腾出了空间。大家都坐下了,波斯特太太挨着火炉坐下,把火炉上的食物端到桌子上。

第一道菜是牡蛎汤。汤上漂浮着金黄色的奶油和黑色的胡椒,牡蛎则沉在下面。劳拉盛了一碗,舀起一小勺,细细吮吸着,汤的味道浓郁、绵长,她尽可能地让汤长时间地停留在舌尖上。她从没喝过这种带着奶香的海鲜汤。

这道汤的佐餐食物是小巧的圆形牡蛎饼干,这种美味的饼干就像一个小小的玩具。

汤被喝得一滴不剩,饼干也没有剩下,波斯特太太开始上第二道菜。她从炉子后面端了出来,这是抹着蜂蜜的热饼干和果酱,还有一大盘咸爆米花。

这就是整个午餐了。这顿午餐不仅菜品独特,餐具和崭新的桌布也很时尚。

饭后,大家坐下来聊天。和煦的微风从门外吹来,棕色的草原和远方的蓝天连成了一片。

"蜂蜜太棒了,比我之前吃过的都美味,谢谢你,波斯特太太,谢谢你把它从爱荷华州带来。"

"牡蛎也很好吃,"妈说,"不知道什么时候能再吃一次。"

"这是一个好的开始，新的一年注定是美好的，比上一个年头要好很多，很幸运，我们选择来到西部。"爸说。

"确实如此，幸亏我提前申请了一百六十英亩的土地，英格斯，希望你也能申请到。"波斯特先生说。

"一周内我就提出申请。"爸说，"我在等着布鲁金斯的政府部门开始办公，听说他们一月一日就开始上班了，如果卡洛琳不反对的话，我想明天就过去。"

"我当然赞成。"妈说。她的脸上放出希望的光芒，因为他们即将拥有自己的放领地。

"那就这么定了。"爸说，"虽然晚两天也没什么问题，但是提早申请总是没有什么错。"

波斯特先生赞同地说："越快越好，英格斯，很快就会有大批的人过来申请。"

"没有人比我更快。"爸自信地说，"我明天天一亮就出发，后天早上就会以良好的形象站在办公厅里。所以，如果你们想往爱荷华州寄信，我可以帮你们带到布鲁金斯寄出去。"

餐后谈话一结束，波斯特太太和妈就开始写信，一直写到傍晚。妈还给爸准备了路上的干粮。但是当夜幕降临的时候，暴风雪不期而至，玻璃上又结上了冰花。

"遇到这种鬼天气，我哪儿也去不了了。"爸说，"放心吧，卡洛琳，我会得到那块放领地的。"

"我相信你会得到的，查尔斯。"妈说。

在风雪肆虐的日子里，爸每天都出门查看捕兽器。波斯特先生没有煤，他每天都去亨利湖畔劈柴，拿回来生火。

天气放晴的时候，劳拉、卡莉和波斯特太太就裹得严严实实地去雪地里玩耍。她们摔跤、赛跑、打雪仗、堆雪人，还手拉手在银湖的冰面上滑冰。劳拉觉得自己从没那么快乐过。

一天下午，当劳拉气喘吁吁地跑进房间的时候，波斯特太太说："劳拉，到我家来。"

波斯特太太给了劳拉一大捆报纸，那是她从爱荷华州买的《纽约纪事报》。"能拿多少就拿多少，读完再来拿。"波斯特太太说。

劳拉夹着一捆报纸跑回家，冲进房门，把报纸放在了玛丽的膝盖上。

"玛丽，瞧我拿回了什么，这都是故事啊！"劳拉说。

"做完晚饭，我们就可以读报了吧？"玛丽焦急地说。

"不用等那么久，劳拉给我们读一读吧。"妈说。

妈和卡莉准备晚饭，劳拉负责读报上的故事。故事说，小矮人和强盗住在山洞里，一天一个漂亮的女士迷路了……正读到精彩的部分，突然出现两个字——"待续"，然后什么都没有了。

"怎么会这样！故事怎么没有结局？"玛丽焦急地问，"劳拉，他们怎么能只刊登故事的一部分呢？"

"妈，这是为什么呢？"劳拉也很疑惑。

"不会的，你看看下一期报纸。"妈说。

劳拉开始一张一张地翻找，终于她喊了起来："在这儿呢，哦，很多张都有，最后这一张上写着'大结局'。"

"这是个连载故事。"妈说。劳拉和玛丽不懂什么是"连载"，没关系，妈知道就行了。

"很好，剩下的明天再读，一天读一点，故事就变长了。"玛丽欣慰地说。

"真是个聪明的女孩。"妈夸奖道。劳拉忍住了一口气读完的冲动，她把报纸仔细收好。每天读一小段，这样大家都可以设想下一段的情节。

在有暴风雪的日子里，波斯特太太常常过来做针线活，她讲故事、说家常。一天，她说在爱荷华州，家家户户都做装饰品陈列架，她可以教他们做。

她告诉爸制作方法。先要做一个三角形的架子，三角形很稳定，可以方便地放在房间的角落里。爸做了五个三角形的架子，最大的架子放在下面，最小的架子放在最上面，然后用木榫连接起来。做好的陈列架就放在房间的角落里，它很稳固，高度也正适合妈。

波斯特太太用硬纸板给陈列架做帘子，每层架子一个帘子，与架子的大小相对应，帘子做成扇形，左右两侧都开了扇形的口。波斯特太太又教大家做折纸，把包装纸裁剪好做成方块，然后点缀在帘子上。

她们一边做着活儿，一边讲故事、唱歌或者聊天。说到放领地，波斯特太太说她带了很多花儿的种子，足够种两个花园了，她可以给妈一些。当城镇建立起来的时候，那里或许会有种子卖，也有可能没有，所以波斯特太太从爱荷华州多带了一些种子过来。

妈说："当我们从明尼苏达州搬来的时候，查尔斯答应我要在这里定居，我们不愿再搬迁了，因为我的女儿们要去上学，要过文明的生活。"

劳拉倒不太热衷定居，在学校毕业之后，她就得去教书。相对这种安定的生活方式，她宁愿去做一些别的事。但是今天，她不想把时间浪费在想这些事上，她宁愿唱歌。她轻轻地哼唱起来，其他人也跟着哼唱起来。波斯特太太教了她们两首新歌，劳拉最喜欢那首《吉普赛人的警示》：

亲爱的小姐，不要轻信他，

他的话语总是悦耳动听，

但当他向你跪下的时候，

不要搭理他，

你的生活刚刚开始，

不要因此阴云密布，

听从吉普赛人的警示吧，

亲爱的小姐，不要搭理他。

还有一首歌是《当我二十一岁时，妮尔，你十七岁》。波斯特先生最喜欢这首歌，他就是在二十一岁遇到的波斯特太太，那年她正好十七岁，波斯特太太本名是艾拉，但波斯特先生执意叫她妮尔。

他们又用五个硬纸板盖在原来的小纸板上，把纸板之间的缝隙用棕色的纸条封起来。最后，他们用大头钉把纸

板固定好。爸用深棕色的油漆把陈列架刷了一遍。油漆干
了之后，他们又把陈列架挪到玛丽摇椅背后的墙角。

"这就是装饰品陈列架了吧。"爸说。

"是啊，很漂亮吧！"妈说。

"完美的家具。"爸说。

"波斯特太太说，这是爱荷华州最流行的东西。"妈说。

"是啊，她最懂这些。"爸说，"卡洛琳，你配得上最
好的东西。"

晚饭后的时光是最令人期待的，爸总是会拉起小提
琴，波斯特先生和波斯特太太用优美的嗓音唱着动听的
歌。这晚也不例外，爸边拉边唱：

> 当我单身时，我很年轻，
>
> 我赚了很多钱，
>
> 世界对我真好，
>
> 哦，生活真美妙！

> 当我结婚后，
>
> 我娶了太太，
>
> 我的太太，是我最大的惊喜，

哦，生活真是美妙！

这首歌的后半部分，说太太变成了一个不好的太太，所以爸从不唱后半部分。每次唱到这里，他都会转头看看妈，然后改变歌词：

她会做樱桃馅饼，

比利男孩！比利男孩！

她会做樱桃馅饼，

可爱的比利，

她会做樱桃馅饼，

她的眼睛闪着光芒，

他还太小，

他离不开他的妈妈。

这首歌还有两句，但是只有爸和波斯特先生唱了：

我把钱押在短尾母马上，

你把钱押在灰马上！

妈讨厌赌博，就算是唱一下也不行。

《三只瞎老鼠》是每晚的保留曲目，他们配合默契，高低音此起彼伏。波斯特先生先用高音开头，波斯特太太用中音接着唱，然后爸的低音加入进来，劳拉的高音、妈的低音跟上，最后是玛丽和卡莉的声音。波斯特先生唱到结尾的时候，并不停止，而是立即再唱一遍，然后其他人再跟上来：

三只瞎老鼠！三只瞎老鼠！

跟在农妇后，

她斩断它们的尾巴，

你听过这个故事吗？

三只瞎老鼠的故事。

一直唱到前仰后合，他们才停下来，接着又是一阵大笑。爸还会演奏一些老歌，比如《让我们长眠》：

妮丽是位女士，昨晚她走了，

哦，为她敲响丧钟吧，

她是我年迈的弗吉尼亚新娘。

比如：

爱丽丝有双棕色的大眼睛，多么美丽，

那双眼睛为你的微笑而微笑，

为你的伤心而流泪。

比如：

在这安静的夜晚，

我被沉重的枷锁锁住，

回忆将我带回，

那激情燃烧的岁月。

劳拉总是最欢乐的一个，她最喜欢的是下面这首歌：

伯尼杜恩的山坡和河岸，

为何只有这里的花儿最鲜艳？

鸟儿啊，为何你的歌声这么美妙，

为何我这样忧伤，这样迷茫？

朝圣之路

　　一个周日的晚上，爸演奏了一首应景的曲子，每个人都跟着节奏唱起来：

　　　　当我们在舒服的家中相遇，

　　　　欢快的歌声立即响起，

　　　　想想那些孤单忧愁的人，

　　　　让我们伸出手——

　　爸停止演奏，因为室外传来洪亮的歌声：

向病弱的人伸出手,

向朝圣路上的人伸出手.

爸放下小提琴,匆忙跑到门口,出门后又"砰"的一声关上门。门外传来一阵说话声,接着门又被撞开,爸带进来两个雪人,爸说:"我去给你们拴马,马上就回来。"

一个人又瘦又高,在帽子和围巾之间露出明亮的蓝眼睛,"奥尔登牧师!奥尔登牧师!"劳拉惊喜地大叫起来。

"是奥尔登牧师?"妈大声说,"哦,天哪,真的是奥尔登牧师。"

那个人脱下帽子,露出了一头深棕色的头发。

"奥尔登牧师,我真是太高兴了,"妈说,"快到火炉这边来,来暖和暖和。"

"英格斯太太,我比你们还惊讶。"奥尔登牧师说,"上次见到你们,还是在梅溪边,没想到你们已经搬到这里了。看,小女孩都长成大姑娘了。"

劳拉还没从惊喜中缓过神来,她一句话都说不出。玛丽倒是镇静地打了声招呼:"先生,很高兴又见到您。"奥尔登牧师看到玛丽无神的双眼,露出惊讶的神情。他转头看了看妈，又回头看了看玛丽。

"这是我们的邻居，波斯特夫妇。"妈介绍说。

"你们的歌声很好听，我赶马车路过的时候都听到了。"奥尔登牧师说。

"你也唱得不错，先生。"波斯特先生说。

"哦，不是我唱的，是这位斯图亚特牧师唱的。我冻得张不开嘴，还是他的火力壮，你看他头发都是红色的。"奥尔登牧师说，"斯图亚特牧师，这些人都是我的老朋友，也是你的朋友。"

斯图亚特牧师看起来很年轻，像个大男孩，他顶着一头红发，脸被冻得通红，眼睛却发出犀利的光芒。

"劳拉，去收拾一下餐桌。"妈小声说。然后她和波斯特太太系上围裙，清理炉火，开始做饭。她们要烧一壶沏茶的热水，再做点炸土豆和饼干。波斯特先生陪客人说话，爸带着两个人从马厩那里走了过来。这两人是马的主人，他们也是来申请放领地的，准备在吉姆河边定居。

奥尔登牧师说："听说吉姆河那边有个定居点，还有一个叫休伦湖的小镇。教会派我们来考察一下，看看是否能在那里建个教堂。所以，我们就跟这两位先生来了。"

"好像是准备建个小镇，但是现在还什么都没有，只有一个小酒馆。"爸说。

"那就更需要教堂了。"奥尔登牧师愉快地说。

晚饭后，奥尔登牧师来到食品室，他感谢妈招待他们，又说："看到玛丽遭受的磨难，我非常难过，英格斯太太。"

妈哽咽着说："确实如此，我们很难接受这个事实，但是这也是上帝的旨意。在梅溪的时候，我们遭遇了猩红热，那段时间很难熬，不管怎样，我们还是挺了过来。玛丽很让我省心，她从没抱怨过。"

奥尔登牧师说："玛丽是个好孩子，她有别人没有的灵魂，我们应该以她为榜样。不管怎样，我们应该相信上帝，他爱我们，我们应该听从他的教导。只要我们坚定信念，日子会好起来的。爱荷华州有一所盲人教育学院，你知道吗？"

妈忽然抓紧了盘子，露出劳拉从没见过的神情，她哽咽着问："那需要花费多少钱？"

"英格斯太太，我还不知道。"奥尔登牧师说，"如果你有兴趣，我可以帮你问问。"

妈抽泣了一下，继续刷着盘子，说："我们没有多少钱，也许等以后——如果不太贵，无论如何我们会凑够钱的，我们想让玛丽接受教育。"

劳拉的脑子懵了，心跳得很快，一瞬间想法都涌出来，但是她却不知从何说起。

"相信上帝会为我们作出最好的选择的。"奥尔登牧师说，"刷完盘子后，我们一起做个祷告会吧。"

"好的，奥尔登牧师，我想参加祷告会，我想其他人也想参加。"妈说。

妈刷好盘子，洗干净手，解下围裙，和劳拉一起走出来。客厅里，奥尔登牧师正和玛丽谈着心，波斯特先生和那两个马夫讨论种植庄稼的事儿。奥尔登牧师看到妈走过来，就说他们想在睡觉前一起做个祷告。

大家都跪下来，奥尔登牧师开始祷告，希望上帝理解他们的心，看清他们的思维，原谅他们的罪过，保佑他们，帮他们作出最好的选择。

屋子里一片肃静，劳拉听着奥尔登牧师的话，犹如在炎热的夏季饮了一瓢清冽的泉水，让人心旷神怡。世事没有那么复杂，为了让玛丽上学，她干什么都可以，她愿意辛苦地劳作。

之后，波斯特夫妇告辞回家，卡莉的床垫又被搬了下来，放在炉边的地板上。

"很抱歉，我们只有一张床，连被子都不够。"妈说。

"没关系，英格斯太太，我们还有大衣呢。"奥尔登牧师说。

"这样已经很好了。"斯图亚特牧师说，"要不是看到你们的灯光，听到你们的歌声，我们可能还得连夜赶路，一直到休伦湖才能休息。"

阁楼上，劳拉把用布包好的热铁块放进冰冷的被窝，又帮卡莉脱下衣服。她们三人钻进被窝，紧紧地依偎在一起，楼下传来爸和客人的谈笑声。

"劳拉，奥尔登牧师说，有专门的盲人学校。"玛丽低声说。

"那是什么？"卡莉说。

"是供盲人学习的地方。"劳拉低声说。

"盲人怎么学习？"卡莉不理解，"无论如何，你也得能看到书本上的字才行啊。"

"我也不知道，反正我不会去，那得花很多钱，对我也没多大帮助。"玛丽说。

"奥尔登牧师也和妈说了，妈希望你能去，那对你有好处。"劳拉叹了口气说，"放心吧，我一定会努力学习，以后做个老师，补贴家用。"

第二天一早，客人的说话声和餐具的碰撞声吵醒了劳拉，她一个骨碌爬起来，跑去楼下帮忙。

很快就开饭了，金色的阳光洒在布满霜的窗户上，外面仍然是一片冰天雪地。客人们都很高兴，他们对每一样食物都很喜欢，又轻又薄的饼干、清脆的薯片、酥脆的猪肉片，还有鲜美醇香的肉汁，当然还有热茶。

斯图亚特牧师说："肉汤真好喝，我从没喝过这么好喝的肉汤。我知道是用咸猪肉做的，但是不知道是怎么做的，你能告诉我吗？"

妈感觉很诧异。奥尔登牧师解释说："斯图亚特牧师将独自留下来，所以他得学会做饭，我只是来帮他建好教堂。"

"斯图亚特牧师，你不会做饭吗？"妈问。

斯图亚特牧师说还在学习，这次他带来了很多食材，有豆子、面粉、咸猪肉，还有茶叶。

"这道菜很简单。"妈说，"先把猪肉切薄，放在冷水里煮开，倒掉水，在猪肉上撒上面粉，再放在油锅里炸，等猪肉变成棕黄色，就可以起锅了。锅里的油倒出来一些，以后可以用来制作黄油。在剩下的油里放入面粉，再加一点牛奶，一边搅拌一边煮，肉汤煮到恰到好处就行了。"

"可以详细写下来吗？"斯图亚特牧师问，"要放多少面粉，多少牛奶？"

"哦，这我可没量过，我试着写吧。"妈说。她拿过纸笔，写了制作肉汤、饼干、豆子汤的方法。在妈写菜谱的时候，劳拉和卡莉已经把餐桌收拾干净了，然后她们又去找波斯特夫妇，问他们是否愿意参加祷告。

一般来说，没人在周一的早晨祷告，但是客人们就要走了，机会难得，谁也不想错过这次布道。

爸拉起小提琴，大家唱起了赞美诗，斯图亚特牧师收起纸条，带领大家做了简短的祷告。然后，奥尔登牧师又给大家布道。最后，爸演奏了一首欢快的乐曲，大家跟着唱起来：

在那遥远的地方，

有一块乐土，

住在那里，

是圣徒们的光荣，

哦，听，天使在歌唱，

荣耀归于上帝……

临行前，奥尔登牧师说："你们已经做了第一次礼拜，等春天的时候，我会回来再建一个教堂。"然后他扭头对劳拉、卡莉和玛丽说："到时候，我们会建一个主日学校，明年的圣诞节，你们可以过来帮忙布置圣诞树。"

奥尔登牧师走了，却把希望留下了。大家穿着厚厚的衣服，目送马车走远，车辙在雪地上留下两道深深的痕印。天气很冷，阳光没有一点温度，照在白茫茫的冰雪上，反射出点点银光。

"在这里的第一次礼拜，感觉真好！"波斯特太太说。

"他们要去的小镇叫什么名字？"卡莉问。

"应该还没有名字，是不是，爸？"劳拉说。

"叫德米斯特，是个法国传教士的名字，纪念他早年来这里传教。"爸说。

进屋后，妈说："那个可怜的孩子，会吃很多苦，他一个人住，还不会做饭。""可怜的孩子"指的是斯图亚特牧师。

"没关系，他可是苏格兰人。"爸说。毫无疑问，苏格兰人很会照顾自己。

"还记得吗，英格斯，我说过会有很多人来申请放领地。"波斯特先生说，"现在还没到三月，那两个人已经来了。"

"确实，这也出乎了我的意料。"爸说，"不管明天天气如何，我都要去布鲁金斯了。"

大量的陌生人

　　晚饭时，爸宣布："今晚不演奏了，要早睡，明天早起，后天就能领到放领地了。"

　　"太好了，查尔斯。"妈说。

　　相对昨晚的忙乱，今天就清净多了。晚饭后，格蕾丝很快就睡了，妈开始给爸准备明天上路的干粮。

　　"听，外面有人在说话。"玛丽说。

　　劳拉脸贴着窗户，用手遮住灯光，往外看。她看到一辆由两匹黑马拉着的篷车，车里坐满了人。一个人从车上跳下来，冲着这里大喊大叫。爸打开门走了出去，和他们说了一会儿话，然后走回来反手关上门。

"卡洛琳，他们有五个人，要去休伦湖。"爸说。

"我们这没地方了，况且，他们都是陌生人。"妈说。

"这么晚了，他们没地方住，也没东西吃，他们会迷路的，还有可能冻死在路上。卡洛琳，今晚就让他们住在这里吧。"爸说。

"查尔斯，你看着办吧。"妈叹了口气说。

爸让他们进屋了，屋里顿时充满了响亮的皮靴声和嘈杂的说话声。妈开始给他们做饭，接着又是叮叮当当的吃饭声。当他们在房间里打地铺的时候，妈还得刷盘子。她低声说："孩子们，快上去睡觉吧。"

时间还早，不到睡觉的时间呢，但是她们知道妈的意思，她不想让孩子们和陌生人待在一起。卡莉拉着玛丽走上楼梯，妈留下了劳拉。她塞给劳拉一个细木条，说："把它别在门把手上，这样谁也打不开门了，明天早上叫你们的时候，你们再下来。"

第二天早上，太阳已经升得老高，她们还躺在被窝里。楼下的说话声不断传来，还夹杂着盘子碰撞的声音。

劳拉坚定地说:"妈说了,她叫我们,我们才能下去。"

"我讨厌陌生人,真希望他们能快点走。"卡莉说。

"我也不喜欢,妈也不喜欢,那些人都是新手,他们要准备很久才能出发。"劳拉说。

那些人终于离开了,午饭的时候,爸说:"我今天走不了了,如果现在出发,就得在路上过夜,没有必要。我明天一早就出发。"

但是晚上又来了很多陌生人,第二天晚上人更多了。妈说:"可怜可怜我们吧,没有一天是安静的。"

"卡洛琳,我不能拒绝他们,他们没有地方住,也没有别的地方可以去。"爸说。

"查尔斯,我们应该向他们收费。"妈说。

爸不想向借宿的人收费,但是这样下去也不是办法,他决定每人每餐二十五美分,睡一晚也是二十五美分,人和马都这样收费。

从此,家里没有了歌声,也没有了安静的夜晚。

每天晚上都有很多人,餐桌上挤满了陌生人,每天晚上都要刷很多盘子。劳拉她们每天都要很早就上床,而且还要别上门。

这些人来自各个地方，爱荷华州、俄亥俄州、伊利诺伊州、密歇根州、威斯康星州和明尼苏达州，甚至还有来自纽约州和佛蒙特州的。他们往休伦湖、皮埃尔堡，或者更远的西部去，去寻找他们的庄园。

一天，劳拉坐在床上听楼下的声音，说："我怎么没听见爸的声音，爸去哪儿了？只听见波斯特先生的声音。"

"他去申请放领地了？"玛丽猜测道。

陌生人离开后，妈把她们叫了下来，说："爸天没亮就走了，他不想让我们面对陌生人，但是他必须走，再晚几天，放领地就被人抢光了。他没想到这些人来得这么早，现在才刚刚三月啊。"

现在是春天的第一个礼拜，已经能感受到春天的气息了。

妈说："春天来的时候温暖，像个绵羊，走的时候留下炎热，像个狮子。来，孩子们，在下一批陌生人来之前，咱们赶紧收拾一下屋子。"

"在爸回来之前，希望不要有陌生人来了。"劳拉说。

"爸不在的这两天，波斯特先生会帮助我们，他们夫妇俩都住进来，他们住在楼下的卧室，我和你们住在阁楼上。"妈说。

那天，在波斯特太太的帮助下，她们把整个房子都打扫干净了，大家都很疲惫。当太阳落山的时候，一辆敞篷车从东边过来，车上坐着五个人。

波斯特先生把马牵到马厩，波斯特太太帮妈做饭。这一拨人还没吃完饭，又一辆篷车来了，车上坐着四个人。劳拉又开始整理桌子，清洗盘子，往桌上端饭。这时，第三辆马车来了，这次车上坐着六个人。

玛丽和卡莉带着格蕾丝上楼了，卡莉唱着歌哄格蕾丝睡觉。劳拉又开始整理桌子、清洗餐具、往桌子上端饭。

食品室里，妈说："今天太糟了，屋里根本睡不下十五个人，小披屋里也得住人了，给他们一些床垫，他们用自己的大衣或者毯子铺床。"

"让波斯特安排他们吧，我去跟他说。"波斯特太太说，"天哪，又来了一辆篷车。"

劳拉不得不再一次清洗盘子，再一次整理桌子。

这下，屋里彻底挤满了人，到处都是陌生的眼睛、陌生的声音，到处都是肮脏的外套和皮靴，根本没有下脚的地方。

终于，所有人吃完了饭，所有盘子都刷好了。妈和劳拉上阁楼睡觉，她们仔细别好门。劳拉累得睁不开眼，正当她要进入梦乡的时候，楼下突然传来了一阵嘈杂声。

楼下有很大的谈笑声和走路声，妈坐起来，仔细辨听楼下的声音。波斯特先生并没有制止，说明这是可以忍受的。妈躺下了，但是嘈杂声越来越大，有时声音低下去了，有时又突然爆发更大的声响。突然，爆发了一阵撞击声，整个房间都震动起来。劳拉坐起来，大声说："妈，怎么了？"

"小声点，劳拉，快躺下。"妈低声说。

劳拉虽然很疲倦，但是楼下的嘈杂声扰得她睡不着。终于，困倦打败了噪音，她睡着了。半夜，劳拉又被惊醒了一次，妈说："一切都正常，睡吧。"她又倒头睡下。

第二天早上，妈推醒了劳拉，说："起来，劳拉，该做早饭了，轻点，让其他人继续睡。"

她们来到楼下，波斯特先生已经起来了，他看起来很疲惫，眼睛里布满了血丝。那些陌生人也陆续起床，穿上衣服和皮靴。妈和波斯特太太用最快的速度做好了早餐，因为人太多，只能分成三拨给陌生人供餐。劳拉清理了三次桌子，刷了三次盘子。

终于，陌生人都走了。妈叫醒了玛丽，她们开始给自己做早饭了。劳拉又一次刷好盘子，布置好餐桌。

"这一夜，真是闹腾。"波斯特太太抱怨道。

"发生了什么事？"玛丽问。

"他们应该是喝醉了。"妈说。

"他们拿出很多啤酒和威士忌，喝了很多酒，可能是醉了。我本想去制止他们，但是我自己怎么能对付得了那么多人。所以，只要他们不点着房子，就随他们闹吧。"波斯特先生说。

"谢天谢地，他们没有点着房子。"妈说。

那天，有一个叫辛兹的年轻人来了，还拉着一车木头，他说想在镇上盖一个商店，希望妈能收留他。妈无法拒绝他，只能给他提供食宿。

又有一个叫哈桑的人来了，他和他的儿子也拉着一车木材，准备在镇里建个杂货铺。他们来自大苏河，妈也收留了他们。"一个是收，两个也是收。"妈对劳拉说。

"英格斯不快点回来的话，咱们这里都建成一个城镇了。"波斯特先生说。

"只要他能申请到放领地，其他的都没什么了。"妈说。

爸的赌局

　　按照原定计划，爸今天该回来了。一整天劳拉都有点恍惚，不停地打哈欠。中午的时候，辛兹和哈桑父子回来吃午饭；下午，他们修建新房子，叮叮当当的敲打声不断传来。劳拉感觉爸已经走了很久。

　　夜幕降临了，爸没有回来；第二天早上，爸没有回来；第二天晚上，爸还是没有回来。劳拉知道，放领地的申请肯定是遇到了麻烦。如果爸没有申请到放领地，他们就得全家搬迁到更西边的俄亥俄州了。

天气暖和了，除了辛兹和哈桑父子，妈不再收留陌生人，他们可以在篷车上睡觉，不至于冻僵。妈还是给这些人提供饭菜，每个人收二十五美分的餐费。吃饭的人太多，妈和波斯特太太一直做饭做到很晚，劳拉不知道自己刷了多少盘子，吃晚饭的人太多，她都数不过来了。

直到第四天，爸终于回来了。他把疲惫的马牵到马厩里，微笑着走进来，说："卡洛琳，孩子们，我申请到放领地了！"

"真的吗，查尔斯？"妈惊喜地大喊。

"我不就是去申请放领地的吗？"爸笑着说，"骑马太冷了，让我先到炉边暖和暖和。"

妈在炉子上烧了一壶水，烧开好给爸沏茶。"没遇到什么麻烦吧，查尔斯？"妈问。

"说来你可能不信，"爸说，"我当天晚上就到了布鲁金斯，第二天一早就到了地政厅。天哪，好像整个国家的人都来排队了，每个门口都排着长长的队，我根本都看不到门。那一天，我根本就没排上号。"

"爸，你排了一天的队吗？"劳拉带着哭腔说。

"是的，一整天。"

"你一天都没吃饭吗？"卡莉说，"你不能这样，爸。"

"这还都是小事，最怕的是，前面的人太多，抢走了我看上的那块地。卡洛琳，我打赌，你肯定没见过那么多人。不过后来我才知道，我当时的担心完全是多余的。"爸说。"后来发生了什么，爸？"劳拉问。

"别急，先让我喘口气，当地政厅下班后，我随着人群去饭店吃饭。我听到两个人的谈话，一个人已经申请到了休伦湖附近的一块土地，另一个人说德米斯特比休伦湖更好，那里有块地离城镇最近，他想申请那块地。他说的那块地就是我看中的！"

"我知道我有了一个竞争对手，我必须抢在他前面申请那块地，我本来想第二天一早就去排队，但是后来想，第二天肯定就来不及了，所以，我以最快的速度吃完晚饭，立即返回了地政厅。"

"可是，地政厅已经下班了呀。"卡莉说。

"是啊，所以我在地政厅的台阶上过了一夜。"爸说。

"查尔斯，真的需要那样吗？"妈边说边递给爸一杯茶。

"当然需要，而且不是我一个人那么做，在我之后，又来了四十多个人排队，其中就有刚才说话的那两个。"爸说。

爸吹了吹茶水，让它尽快凉下来。"他们不知道你也想得到那块地吧？"劳拉问。

"一开始不知道，"爸喝了一口茶说，"后来有个人来和我打招呼，他说，'嗨！英格斯，你在银湖过了冬，也想在德米斯特申请一块地吗？'"

"哦，他把你暴露了。"玛丽哀叫了一声。

"是啊，这件事是把我往火坑推啊。"爸又喝了一口茶，"我明白，要是我离开那个位置，我永远都不会得到那块土地了。天亮了，更多的人聚拢过来，我被成百上千的人推在最前面，那天根本就不是在排队，后面的人疯了一样向前拥。地政厅终于开门了！卡洛琳，再给我一杯水。"

"爸，继续讲啊！求您了。"劳拉焦急地说。

"就在开门的那一刻，那个休伦湖的人揪住我，对他的伙伴说：'快进去，我抓住他了。'如果我和他争执起来，那个人就会冲进去抢走那块地。就在这个时候，一个大块头冲了过来，他像一块巨大的板砖拍到那个人身上，大声喊道：'英格斯，你快进去，我来收拾他。嘿——呦——呵——'"

爸的这个叫声，又长又尖，像山猫的叫声，在屋子里回荡。

"天哪，查尔斯。"妈担心地说。

"你们肯定猜不到那个人是谁。"爸说。

"是爱德华先生。"劳拉喊道。

"你是怎么猜到的？"爸吃惊地问。

"在印第安保留区的时候，他就老是那样吆喝，他说自己是来自田纳西州的野猫。"劳拉说，"他去哪儿了？你带他回来了吗？"

"没有。"爸说，"我费尽了口舌，还是没用。他在南边申请了一块地，他必须留在那里。他让我向你们带好。要不是他，我可能就失去了那块地。天哪，他为我打了一架。"

"他受伤了吗？"玛丽问。

"没有，他只是拖延了点时间。当我一钻进去填申请表，他就溜开了。但是他挑起的争执，好长时间之后才平息下来。"爸说。

"结果好，比什么都强。"妈说。

"确实是，卡洛琳。"爸说，"孩子们，我用十四美元和美国政府打了个赌，赌我们能用那一百六十英亩土地生活五年。孩子们，你们会帮助我赢得这场赌局吗？"

"必须的，爸。"卡莉说。

"我们能，爸。"玛丽兴奋地说。

“我们可以的，爸！”劳拉严肃地保证。

“我可不想把这变成赌博。”妈温柔地说。

“卡洛琳，世间的事，多少都有些赌博的性质。”爸说，“除了人都会死和谁都要交税之外，没有什么事是绝对的。”

建设高潮

　　快乐的时光总是短暂的，当爸讲完他的故事，太阳已经摇摇欲坠了，夕阳的余光透过玻璃窗照到地板上。妈说："该准备晚餐了，那些人马上就回来了。"

　　"什么人？"爸问。

　　"妈，再等一等，让我给爸一个惊喜！"劳拉说。她跑进食品室，从装豆子的空罐子里拿出一个钱袋，里面装满了钱。

　　"快看，爸，你看！"劳拉说。

爸掂了掂手中的钱袋，露出惊讶的表情，然后看了看她们的脸，所有人的脸上都洋溢着笑容。"卡洛琳，你们从哪里弄了这么多钱？"

"爸，你数数。"劳拉迫不及待地说，"有十五美元二十五美分呢！"

"天哪，太不可思议了。"爸说。

劳拉和妈开始准备晚餐，她们把最近发生的事都告诉了爸，话音未落，一辆篷车已经来到门口。那天晚上，一共有七个人在这儿吃晚饭，他们收了七十五美分的餐费。因为爸回来了，这些人还可以在家中留宿，就睡在火炉旁的地板上。劳拉又开始刷盘子，但是她一点都不觉得累，能帮爸妈赚到钱，这让她感到很高兴。

第二天一早，太多人来吃早饭了。劳拉忙得连说话的时间都没有，她不停地刷盘子，还是供应不上。最终，她终于刷完了所有盘子，并把它们挂了起来。还没来得及把盘子擦干净，也没来得及清扫满是油污的地面，她又得去削土豆皮了，因为妈又开始准备午餐了。只有在倒垃圾的间隙，她才能透过窗户看一眼外面。三月的天空阳光明媚，爸拉着一车木头向镇上赶去。

"爸在干什么？"劳拉问。

"他要去镇上盖房子。"妈回答说。

"给谁盖？"劳拉一边问，一边继续扫地。她的手因为长时间泡在水里刷盘子，手掌上的皮肤都起皱了。

"给我们自己盖呀！"妈说，然后她夹着一个铺盖走出去，把铺盖放在太阳底下晾晒。

当妈走回来的时候，劳拉问："我们不是应该去放领地盖房子吗？"

"是的，半年之内，我们必须在放领地盖好房子。但是城镇的变化太快了，你爸就先用铁路工棚的木材在镇上盖个商店卖东西。"妈说。

"那真是太好了，妈。那样，我们可以赚更多钱了。"劳拉说着，打扫得更起劲了。妈又拿了更多的铺盖走出去。

"劳拉，压住扫把扫，别把灰尘扬起来了。"妈说，"我们还不能高兴得太早，毕竟才刚开始建商店。"

那一周，房间里都是固定的寄宿者。他们要么在城镇上盖房子，要么在放领地里盖房子。每天一早，他们驾着马车赶往布鲁金斯拉来木材，然后抓紧修建房子。在铁路沿线，一条主要的街道已经拔地而起。每天从天放亮，一直到深夜，周围都是嘈杂的马车声。劳拉和妈一直忙碌，连喘口气的时间都没有。

每天晚饭后，客厅和小披屋里都铺满了铺盖。爸和寄宿者住在一起，妈、劳拉、卡莉和玛丽住在卧室，阁楼也让给了寄宿者。

所有的食物都吃完了，妈不得不去买面粉、玉米粉、豆子和肉。这些食物都是从远方运来，加上运费，价格要比明尼苏达州贵上三四倍，所以，妈也挣不到什么钱了。每顿饭只能挣个几美分，但是挣点总比不挣强。

劳拉想看看爸的新房，但是她连和爸谈谈的时间都没有。爸总是和寄宿者一起吃一起睡，吃完早饭就走，根本没空和她谈。

短短两周之内，沿着那条主街道，许多房子已经建立起来。房子还没有刷油漆，但是正面已经立起了装饰墙，装饰墙有两层楼那么高。房屋趴伏在装饰墙后面，有的屋顶上只添了部分木瓦。有的房屋里已经住人了，烟囱里冒出滚滚炊烟，玻璃窗在阳光下闪闪发光。现在的大草原已经面目全非，成了一个城镇。

一天，劳拉听到一个人说："我的旅馆将在一周内开业。"他前一天晚上才从布鲁金斯拉来木材，他的妻子将运另一车木材过来。

"太好了，我们的小镇需要一个旅馆，先生，如果您能如期开业，生意肯定会和地政厅那里一样好。"爸说。

终于，寄宿者都搬了出去。这天晚上，一家人又聚在一起吃晚饭，房间又成了那个温暖的家，没有人打搅。仿佛经历了一场暴风雪，现在又归于宁静；又好像是经历长期的干旱，终于迎来了雨露的滋润。

"这段时间，真是累坏了。"妈说。

"看到你们这样招待陌生人，我感到很高兴。"爸说。

他们没有分享更多的好消息，只是聚在一起简单地吃饭，但是感觉却好极了。

"我和劳拉算了一下，我们一共赚了四十二美元。"妈说。

"是四十二美元零五十美分。"劳拉补充说。

爸说："我们先把这笔钱存起来，等到需要的时候用。"劳拉心想，这笔钱或许可以用来给玛丽支付学费。

"勘探员随时会回来。"爸说，"我们应该准备好离开了。交出房子后，我们可以先住在镇上。"

"那么，查尔斯，我们明天就拆洗被褥，准备打包吧。"妈说。

第二天，劳拉帮妈清洗了所有棉被和毛毯。在三月乍暖还寒的天气里，她们愉快地挎着篮子出去晾晒。一直往西的泥泞的道路上，运货的篷车络绎不绝。银湖岸边和沼泽地里还有一些残冰，湖水却已解冻了，清澈的湖水如天空一样湛蓝。忽然，一个小黑点从空中掠过，远处传来野雁苍凉的鸣叫声。

"我看到春天的第一群大雁了。"爸匆忙走进房间，"今天我们就吃烧雁吧。"说完，爸抄起猎枪又走了出去。

"太好了，配上苏叶一起烧，味道好极了，是吧，劳拉？"玛丽说。

"不，你知道我不喜欢吃苏叶，还是配洋葱烧吧。"劳拉说。

"我不喜欢洋葱，"玛丽说，"我就想吃苏叶。"

劳拉把鞋放回擦好的地板上，说："我才不管你想吃什么呢，我就不放苏叶。不管怎么样，有时候我也得按自己的想法来一次。"

"怎么了，孩子们？"妈惊讶地问，"你们是在吵架吗？"

"我想吃苏叶。"玛丽说。

"我想吃洋葱。"劳拉大喊道。

"孩子们，孩子们，"妈气恼地说，"你们真是太傻了，我们既没有苏叶，也没有洋葱啊！"

爸打开门，走了进来，他把枪放回了原处。

"我的射程之内连一只大雁都没有。"爸严肃地说，"那些大雁被热闹的建筑场面吓坏了，它们又往北飞走了，看来，我们以后没有什么打猎的机会了。"

在镇上居住

在尚未完工的小镇周围，草原上的青草已经探出头，湛蓝色的银湖水倒映着天上的朵朵白云。

劳拉和卡莉一左一右地走在玛丽的两边，向小镇进发。在她们身后，爸赶着篷车，篷车上装着满满的行李，妈和格蕾丝坐在车上，奶牛艾伦拴在马车后面。他们要搬到爸在镇上建的房子里去。

勘探员已经回来了，波斯特夫妇也去了他们的放领地，他们只能住到爸还没建完的房子里来。在人来人往的小镇上，劳拉满眼都是陌生人，感觉有点孤独，有点害怕。这个小镇让所有的一切都变得不一样了。

沿着小镇的主街，人们都在忙碌地建着房子。刨花、木屑和断木头布满泥泞的街道，顽强的青草被强硬地踩进烂泥里，车轮在路上留下深深的辙印。透过房屋的框架，可以看到房屋之间的巷子和街道的两端。远处的晴空之下，宁静、整洁的草原正微微起伏着，一直延伸到天边。眼前的小镇却是乱糟糟的，到处都是刺耳的锯木声、沉闷的铁锤声、木板和马车刮擦的声音及人们大声的说话声。

劳拉和卡莉怯生生地站在路边，让爸的马车先走过去，她们扶着玛丽跟着马车到了自己家房子所在的街角。

爸建的房子的正面是高高的装饰墙，前面两边各有一个大大的玻璃窗。打开房门就看到一个长长的房间，房间的另一端有一个后门。地板是宽木板铺成的，墙壁也是木板钉好的，木板之间还有缝隙，阳光透过缝隙洒进来。

"卡洛琳，这个房间漏风，也不暖和。"爸说，"好在现在已经是春天了，不会太冷。我会尽快安上天花板和墙板，再在屋檐下装上嵌木条盖住大缝隙。总之，我很快就会建好房子。"

"天气这么暖和，天花板和墙板不着急。"妈说，"你得先弄好楼梯，这样我们才能上阁楼。在此之前，我们得在房间里挂个帘子，分出两个卧室来。"

爸把马和奶牛艾伦牵到后面的小马厩里，然后安装了炉子，又在房间里拉了一根绳子，让妈挂帘子。劳拉帮爸安好床架，铺好床；妈开始做晚饭；玛丽陪着格蕾丝玩耍。

开始吃晚饭了，灯光照射着白色的窗帘，但是房间的另一端却是黑暗的。寒风从缝隙里吹进来，吹得灯光摇曳、窗帘翻动。房间里空荡荡的，劳拉觉得自己距离外面的陌生人很近。陌生人家的灯光透过缝隙照进来，他们走路的声音和说话的声音也不时传过来。在这个寂静的夜里，劳拉虽然身处空荡荡的室内，仍觉得拥挤，因为外面的陌生人太多了。看了看身旁的玛丽，盯着随风摇摆的窗帘，聆听室外的风吹草动，劳拉感觉自己被困在小镇里了。

一天晚上，劳拉在梦中听见了狼嚎，其实她的耳边只有风的吼叫。她感觉那么冷，却始终没法从梦中挣脱。她把头钻进薄薄的被子，紧紧地依偎着玛丽，浑身绷紧，微微颤抖着，好一会儿才慢慢暖和起来。然后，她听见了爸的歌声：

> 啊，我多么快乐，像一棵高大的向日葵，
> 它在风中摇着头，弯着腰！
> 我的心在风中飘荡，
> 一如树叶从枝头飘落！

劳拉的头钻出被窝，睁开眼往外看，一片雪花轻轻地落在她脸上。

"天哪！"劳拉叫起来。

"躺下别动，劳拉！"爸说，"孩子们，都躺下别动，先让我点上火，等会儿再出来。"

劳拉看不见，但是她能听见爸掀开炉盖的叮当声，火柴划过的声音和燃烧的噼啪声。身上的被子很重，她不能移动，却感觉身上暖洋洋的。

不一会儿，爸掀开帘子走进来，"你床上的雪足有一英尺厚，先别动，我马上把雪清除出去。"

劳拉和玛丽一动不动地躺着，看着爸把被子上的雪都铲掉。寒冷刺骨，她们在被子下面瑟瑟发抖。爸又把卡莉和格蕾丝被子上的雪铲掉，然后去马厩铲掉了马和艾伦身

上的雪。

"都起来吧，孩子们。"妈大声说，"把你们的衣服和裙子拿过来烤。"

劳拉从冰冷的被窝里跳出来，拿起椅子上的衣服，弹掉衣服上的雪，赤着脚跑过落满雪的地板，跑到帘子外的火炉旁，边跑边喊："玛丽，你先等一等，我等会儿把你衣服上的雪弹掉。"

劳拉快速地抖着衣服和裙子，雪还没来得及融化就被抖掉了。她又抖掉了长裤上的雪，把鞋子里的雪倒了出来，然后穿上衣服和鞋子，感觉暖和多了。随后，她又抖掉了玛丽衣服上的雪，把玛丽带到火炉边取暖。

卡莉醒了，她细声细气地尖叫着："哦，雪成了我的被子，我的脚感觉很暖和。"她笑着，冻得上下牙齿打着架。卡莉觉得在雪堆中醒来，简直太神奇了，等不及劳拉帮她抖衣服，就跳了下来。劳拉帮她扣上扣子，然后她们穿上外套，带着扫帚和铲子，把雪堆到长廊尽头的一个角落。

街道上一个雪堆接着一个雪堆，每个木料堆都成了一个小雪山。在还没有完工的工地上，总有黄色的木料从雪里露出来。太阳升起来了，雪堆向阳的一面都被染成玫瑰红色，背阳的一面则变成了蓝色。风冷得像冰一样，从四面八方的缝隙里灌进来。

妈在炉火边烤着披肩，然后把披肩围在格蕾丝身上，又把格蕾丝交给坐在摇椅上的玛丽。妈开始做饭了，她把桌子紧挨着火炉，做好了早饭等爸回来。火炉里的旺火，让周围的空气都暖和起来。

爸终于回来了。"这真是一场惊人的暴风雪。"他说，"这间房子就像个筛子，雪从每个缝隙里钻进来。"

"我们整个冬天都没遇到暴风雪，但到了四月份，反而遇到了。"妈惊奇地说。

"幸好，暴风雪是晚上来的，人们都在屋子里。"爸说，"如果是白天来的话，一定有人被冻坏，没人能想到这个时候会发生暴风雪。"

"寒冷不会持续太久。"妈自我安慰说，"'四月的阵雨带来五月的鲜花'，四月的暴风雪会带来什么呢？"

"至少会带来一样东西——隔墙。"爸说，"我等会儿就去弄个隔墙，让炉火的温暖留在屋里。"

爸整整忙活了一整天，在炉火旁不停地锯木头、砸钉子。劳拉和卡莉帮他举着木板，玛丽带着格蕾丝玩着刨花。终于，爸做好了隔墙。隔墙又隔出了一个小房间，里面有炉子、桌子和床，门口就对着堆满雪的草地。

爸又拿来一些木板做起了天花板。"我得把屋顶的缝隙堵起来。"爸说。

镇上的其他人家也在叮叮当当地修补房屋，整个街道充斥着锯木头和钉钉子的声音。"真为比利兹太太难过，他们刚开了一个旅馆，可是那个房子的房顶还没修好呢。"

"一个家庭是这样，一个国家也是这样。"爸说，"我们在脚下打地基，在头上盖屋顶，就是不停地建。如果等到什么条件都成熟了，才开始建设，那么最终我们什么都建不成。"

暴风雪持续了几天，终于停止了。春天又回来了，风儿带来了泥土和青草的芳香，太阳每天升起得更早了。劳拉看到，在湛蓝的天空中，有一群小黑点飞过，在鸟儿的叫声中，天空变得生机勃勃。

鸟儿们不再在银湖停留，除非特别疲惫的鸟儿会在日落后歇歇脚，但在天亮后也会立即离开。鸟儿不喜欢拥挤的城镇，劳拉也不喜欢。

劳拉心想，我宁愿和青草、蓝天、小鸟及爸的小提琴待在一起，哪怕是和狼群在一起，也比在这个肮脏、泥泞、喧闹的城镇里强。无论去哪里都比在这儿好。"爸，我们什么时候搬去放领地？"劳拉问。

"快了，等我卖了这个房子，咱们就过去。"爸说。

日复一日，更多的篷车来了，街道的两边停满了马和篷车。无休止的锤子砸木头的声音和靴子走过的声音笼罩着小镇。白天的时候，铁路工人铲平路面，搬运工忙着把枕木和铁轨从马车上卸下来。晚上，他们聚在小酒馆里，畅饮欢歌。

卡莉迷上了小镇生活，她总是趴在窗边，看街面上的情景，一看就是几个小时。她想弄懂每件事物。卡莉偶尔走到街对面，去找邻居的两个小女孩玩，但是更多的时候是那两个小女孩过来找她玩。因为妈不希望卡莉离开她的视线。

一天，妈对劳拉说："你太不安稳了，劳拉，这让我很担心。你以后要当老师，现在就可以先尝试一下啊，你试着给卡莉、安妮和露易丝上课，这样卡莉就不会出去玩了，我也能少操点心。"

劳拉很不情愿，觉得这样不合适，但是她还是爽快地说："好的，妈。"

劳拉决定给卡莉、安妮和露易丝上课了。第二天一早，当她们三人在玩耍的时候，劳拉把她们叫了过来，让她们坐成一排，然后用妈的旧识字课本给她们上了一课。

"先给你们一刻钟的时间读书，"她说，"然后你们背诵给我听。"

她们睁大眼睛看了看劳拉，什么话也没说，凑在一起开始读书了。劳拉站在她们面前，才发现这十五分钟那么漫长。然后，劳拉教她们拼写单词，又给她们上了一节算术课。当她们坐立不安的时候，劳拉警告她们要坐好；当她们想说话的时候，劳拉告诉她们要先举手。

快吃晚饭的时候，妈笑着对安妮和露易丝说："你们都做得很好，以后你们每天来跟劳拉上课吧。我等会儿去拜访你们的妈妈，告诉她我们成立了一个小学校。"

"好的，夫人。"安妮和露易丝不情愿地说，"再见，夫人。"

"只要你努力，一定可以成为优秀的教师的。"妈夸奖劳拉道。"谢谢妈。"劳拉想了一下说，"既然我已经决定做老师了，我就一定会做好的。"

以后的每天早上，棕发的安妮和红发的露易丝都会来上课。她们越来越不情愿，越来越不老实，劳拉只能放松了对她们的要求。但是劳拉仍然没有办法让她们继续学习，终于，她们都不来上课了。

"她们都还小，不懂得珍惜学习时光。"妈说，"我想知道她们妈妈的想法。"

"不要灰心，劳拉。"玛丽说，"不管怎么样，你也算是开了第一所学校。"

"我没灰心。"劳拉说，她终于不用教书了，又重新获得了自由。她的心里乐开了花，边唱着歌边扫地。

卡莉趴在窗口，忽然，她喊道："外面出事了，也许她们不来上课是因为这个。"

小旅馆前聚集了很多人，更多的人围过来。他们激动地大喊大叫，这让劳拉想起了工地发工资那天的场景。不一会儿，她看到爸穿过人群走了过来。

爸走进家门，一副忧心忡忡的样子，说："卡洛琳，要不，我们还是搬去放领地吧？"

"今天就搬吗？"妈问。

"后天搬。"爸说，"我得先去放领地建房子。"

"怎么了，查尔斯，坐下来慢慢说。"妈说。

"发生了谋杀案。"爸坐下来说。

妈吓了一跳，她睁大眼睛，屏住呼吸，说："在这里？"

爸站起来说："是在镇子的南边，有人想抢亨特的放领地。亨特是铁路工人，昨天，他和他父亲骑马去放领地，当他们来到自己的房间时，开门的却是一个陌生人。亨特问陌生人要干什么，那个人二话不说开枪打死了他。那个人还想枪杀亨特的父亲，幸亏老人骑马跑掉了。今天早晨，老人报警了，他们抓住了那个匪徒！"

"但是亨特已经死了，一切都太晚了，绞刑都太便宜了那个混蛋！"爸愤怒地说。

"查尔斯！"妈制止了爸。

"好了。"爸说，"我想，在别人抢走我们的放领地之前，我们应该搬到那儿住。"

"我也这么想。"妈说，"无论你的房子建成什么样，我们都立即搬过去。"

"那么，快给我弄点吃的。"爸说，"我马上就去拉一车木材，再找个人帮忙。今天下午就建好房子，明天就搬家。"

搬　家

　　"快起来，大懒虫！"劳拉大声喊
道，她一把把卡莉从被窝里拎出来，"今
天搬家，我们要去放领地了。"

　　匆忙地吃完早饭，劳拉三下五除二
刷好了盘子，卡莉把盘子擦干净。妈打好
了最后一个包，爸套好了车。所有人都很
高兴，这将是他们最后一次搬家，以后他
们就在放领地定居了。劳拉很高兴，因为
离开了肮脏的小镇；卡莉很高兴，因为她
想看放领地的样子；爸很高兴，因为他喜

欢搬家；格蕾丝也很高兴，因为其他人都很高兴。

妈小心地把盘子装在桶里，爸把所有箱子和桶装上车，然后他们合力卸了炉子，装进车厢。最后，爸把桌子和椅子放到车顶。做完这一切，他看了看满载物品的马车，理了理胡子。

"一车拉不完，得拉两趟，我先过去，你们把剩下的东西打好包。"爸说。

"你一个人没法卸下炉灶啊。"妈说。

"我可以的，放心吧。"爸说，"怎么把它们装上去，我就怎么把它们卸下来。放领地那儿有很多木材，我在车上搭个木板，把它滑下来。"

爸走后，妈和劳拉把被子、褥子都卷起来捆好，又取下了三个床垫，最后把煤油灯小心打包好，使它正面朝上，防止煤油漏出来。煤油灯罩也被用纸包好，放在煤油灯旁边。现在，所有东西都打包好了，就等爸回来了。

爸回来了，他先把床垫和箱子搬上车，然后是被子。劳拉把小提琴递了过来，爸把它小心地塞在棉被里。陈列架放在车子的最上面，以确保它不会被损坏。最后，爸把艾伦拴在车后。

"好了，卡洛琳，快上车吧！"爸说。他先把妈扶上车，又把格蕾丝递给妈。"现在是玛丽。"爸温柔地把玛丽放在座位后的木板上，劳拉和卡莉坐在她两边。

"我们很快就能到新家了。"爸说。

"天哪，劳拉，快戴上帽子，春天的风会吹破你的脸的。"妈惊叫着。她给格蕾丝戴了一个圆帽，以保护她柔嫩的皮肤。妈和玛丽都戴着太阳帽，把脸藏在帽子下面。

劳拉紧了紧帽带，让帽檐遮住小镇，她只想看绿色的草原和蔚蓝的天空。

在风干的土路上，马车颠簸着前行。劳拉紧紧抓住车座后的弹簧，但身体还是不由自主地前后摇摆。忽然，两匹棕色的马跑进她的视野，它们甩着黑色的马尾，两肋和肩膀的毛发在阳光下闪闪发光，迈着修长的腿优雅地跑着。它们昂着头，竖着耳朵，从劳拉身边跑过的时候，骄傲地甩了甩头。

"爸，快看，"劳拉喊道，"多么漂亮的马啊！"

那两匹马拉着一辆轻便的篷车，驾车的是一个年轻人。一个高个的男人站在年轻人后面，手搭在他的肩膀上。不一会儿，那辆篷车就跑远了，劳拉看不见那两匹马了。

"那是怀德家的男孩。"爸说，"驾车的男孩叫阿曼乐，站在他身后是哥哥罗亚尔，他们家在北面申请了一块放领地。

他们的马是镇上最好的，天哪，那么好的马很少见。"

劳拉多想自己也有那样一匹马啊，但是这个梦想似乎永远都不会实现。

他们一直往南行驶，走了一段下坡路，来到了沼泽地旁边。沼泽地里的杂草还是那么茂盛，一只苍鹭拍打着翅膀飞了起来，两条细长的腿悬在下面。

"它们值多少钱？"劳拉问。

"什么？搬家？"爸问。

"那两匹马。"

"至少二百五十美元，也可能要三百美元。"爸说，"为什么问这个？"

"没什么，就是好奇。"劳拉回答。三百美元可是一大笔钱，劳拉连想都不敢想。也许只有富人才买得起那种马吧？劳拉心想："等我有钱了，一定要买两匹棕色的马，也要长着黑色鬃毛和尾巴。"她想得入了迷，没有发现帽子已经被风吹到背后去了。

篷车的一侧，沼泽地向西、向南延伸；另一侧，一个狭窄潮湿的入口通向银湖。不一会儿，马车驶过狭窄的地方，到了一块高高的空地。

"就在那里！"顺着爸手指的方向，大家看到一个小木屋在阳光下闪闪发光，看起来就像是大草原上的一个黄色玩具。

终于到了。爸把妈扶下车。"像是一间房子被劈成两半，只留下了一半。"妈笑着说。

"是的，卡洛琳。"爸说，"房子只建了一半，另一半还没建完。我们现在就要开始建，很快就会完成的。"

房子是用粗糙的木板搭建的，木板之间有明显的缝隙。没有窗户，门也没有装，不过地板已经铺上了，地板上有个暗门，通往地窖。

"昨天，挖了地窖，装了墙板，我就没时间干别的了。"爸说，"在这里，没人能袭击我们。卡洛琳，我很快就会把一切都弄好的。"

"能住在自己的家里，我感到很高兴，查尔斯。"妈说。

太阳落山之前，他们把东西都搬了进来。炉子装好了，床也铺好了，布帘又挂上了，小房间被隔成了两个更小的房间。吃过晚饭，刷完盘子，他们没有点灯，因为春天的夜空实在太美了。

妈抱着格蕾丝坐在门口的摇椅上，其他人也都坐在她旁边。没有人说话，只是抬头看着天上一闪一闪的星星，听着池塘里青蛙呱呱的叫声。

风在耳边说着话，天鹅绒般的天幕宁静、安详。

"我想来首音乐，劳拉。"爸小声说。

劳拉从妈的床上拿来小提琴。爸打开琴盒，调好音，对着夜空和星星唱了起来：

> 哦，请把烦恼和忧愁都带走，
>
> 哭泣只能带来绝望，
>
> 就算今天不顺利，
>
> 明天还是崭新的一天！
>
> 把烦恼和忧愁都赶走，
>
> 竭尽全力做到最好，
>
> 只有自己的肩膀才能推动命运的车轮，
>
> 这是给每个人的箴言。

"做完屋顶之后，我想把小牧羊女瓷像找个地方安放。"妈说。

爸没有说话，用琴声回复她。月亮升起来了，银光洒满黑色的草原，琴声如水。爸轻轻地哼唱：

星星的眼睛眨呀眨，

风儿的声音呼呼叫，

夜色在草原上蔓延，

只有一点烛光闪耀，

那是山下的小屋发出的，

我知道，那是为我闪耀。

陋室

第二天一早，爸说："咱们得挖一口井。"说着，他就扛起铁锹往大沼泽走去。劳拉开始整理餐桌，妈把床单裹了起来。

"孩子们，都过来。"妈高兴地说，"咱们有事干了。"

要在这么小的房间里布置家具，连妈都有点无从下手了。她们把家具搬来搬去，给每一件家具寻找一个合适的地方。一直到爸回来了，家具还没摆好，玛丽的椅子和桌子都还在门外。

"卡洛琳，井已经挖好了。"爸大声说，"有六英尺深，流沙层里有冰凉的水，非常好。我还得做个井盖，防止格蕾丝掉进去。"他看了看凌乱的房间，挠了挠头，又戴上帽子，说："这些家具都能放进去吗？"

"可以的，"妈说，"只要有心，一定可以办到！"

劳拉站着想，怎么能把床摆好呢。他们有三个床架，如果并列摆放，玛丽的摇椅就放不下了。可以让两张小床并列放在一个角落，大床竖着摆，床尾和小床相接，床头顶着对面的墙。

"妈，我觉得可以这样。"劳拉说，"在小床的周围挂个帘子，在大床上也挂个帘子，这样就可以空出一些地方，可以用来摆放玛丽的摇椅。"

"真是聪明的女孩！"妈说。

劳拉和玛丽的床贴着墙放，对面的窗口下放着桌子。妈的摇椅放在桌子旁，陈列架放在门后。火炉放在一个墙角，火炉的旁边是大衣箱，再过去是玛丽的摇椅。

"看！摆好了，再把多余的箱子都塞到床下，一切都安排妥当了！"妈说。

午饭的时候，爸说："我下午就把另一半房子建好。"

他说到做到，先在火炉的旁边装了个窗户，又把从镇上买来的木门安好，房屋的外墙贴着油纸。

劳拉帮爸贴油纸，油纸又宽又厚，散发着难闻的气味。油纸贴在干净、新鲜的木墙上，爸在上面钉了一些木条。油纸一点都不美观，但是它能遮住缝隙，能挡住风。

"好了，一天的工作圆满结束了！"爸说。

"我们这才算正式定居。"妈说，"明天咱们庆祝一下吧。这里还有点发酵的面团，可以烤饼干，这可比酸面饼干好吃多了。"

"发酵的面包当然好吃，其实酸面饼干也不错。"爸说，"要是没有柴火，我们什么也做不了，明天就要去亨利湖拉点柴火回来。"

"爸，我也想去。"劳拉说。

"我也要去，爸。"卡莉说。

"不行，孩子们，亨利湖很远，来回要走很长时间，而且，你们还得帮助妈。"爸说。

"我就是想去看看大树。"卡莉嘟囔着。

"其实，我也想看看树。"妈说，"这里一望无际的都是草原，我根本就看不到一棵树。所以，也不能怪她们。"

"美国政府已经宣布了，国土上每个地方都要种树，每个放领地的申请者都要种十英亩的树。所以，用不了四五年，这里就会被树林覆盖，你们再也不用担心看不到树了。"

"到那时候，我可得好好看看。"妈笑着说，"夏天的时候，在树荫下纳凉，没有比那更舒服的了，而且树林还能防风。"

"其实，如果要建个农场的话，树林并不是好事。以前在大森林里，我们要开辟一块土地种地，还得把地里的树根都刨出来。所以，对于农夫来说，还是这样的草原方便，但是美国政府不这么想。你们肯定会看到树的。"

那天晚上，他们都很疲惫，爸也没演奏音乐。第二天一早，他就驾着马车去了亨利湖。

清晨，劳拉牵着艾伦去井边喝水。朝阳把草原点缀得五颜六色。白色的野洋葱在风中摇曳着，小木屋旁边的山坡下，番红花零星地在绿草丛中盛开，还有一些紫色的薰衣草点缀其间。劳拉弯腰摘下一朵小花，放在嘴里慢慢品尝，满口清香。

她牵着艾伦来到一片草场上，在这里她能看见北方的小镇。沼泽地就在脚下往西南延伸，里面长满了粗糙的蒿草，而草原的其他地方，就像有着碎花的绿地毯。

劳拉已经长大了，但她还是像小女孩一样，张开双臂，在草原上奔跑。跑累了就在草地上打滚，仰面看着蓝色的天空和洁白的云彩，她高兴地流下眼泪。

忽然，她想到："我这样会不会把裙子弄脏了？"于是，她赶紧站了起来，检查一下，发现洁白的裙子上沾了一点绿草汁。该回去帮妈干活了，她牵着艾伦大步往家走去。

小木屋贴着黑色的油纸，油纸上钉着黄色的木条。"这像是虎纹，妈。"劳拉说。

"你说什么？"妈问。她边说边把书放在陈列架的最下面一层。

"我是说，小木屋的外墙就像是虎纹，黑色油纸，黄色的木条。"劳拉说。

"反了，虎皮是黄色底上有黑色的花纹。"玛丽说。

"孩子们，"妈说，"把你们的箱子都打开，把所有漂亮的东西都拿出来，都放在陈列架上。"

玛丽、劳拉和卡莉拿出自己的玻璃小盒子，都放在放书的那一层。这些小盒子的四边有磨砂的花纹，盖子上还有彩色的花朵。这三个盒子给架子增添了色彩。

在陈列架的第四层，妈放了一座钟。这座钟有黄木做的底座，玻璃做的圆形钟面，钟面下有一个黄铜做的钟摆，来来回回地摇摆，发出"滴答滴答"的声响。钟摆也被圆圆的玻璃罩罩着。

劳拉把自己的首饰盒放在最上层，也就是陈列架的第五层。首饰盒是白瓷的，里面装着小金杯和盘子。首饰盒的旁边放着卡莉的瓷狗。

"真是太漂亮了。"妈说，"这些东西让整个房间都漂亮起来。现在，我们该摆放小牧羊女瓷像了。"忽然，她惊叫起来，"啊！我发酵的面。"

妈发酵的面已经把锅盖顶了起来。她立即掀开锅盖，撒上面粉，然后揉面、做饭。当爸驾着马车爬上门口的小山坡时，妈已经把饼干放进了烤箱。爸的车上装满了柳枝，够一个夏天用的了，看来，亨利湖也没有真正的大树。

"我们等一会儿再吃饭。"爸喊道，"卡洛琳，你来，看我带来了什么。"

他把马从车上解下来，拴到木桩上，然后跑回来掀开了车厢后面的毛毡。

"快看，卡洛琳。"爸笑着说，"我怕它风干了，所以藏在这里。"

"查尔斯，是什么？"妈和劳拉探头往车厢里看，卡莉已经迫不及待地爬上了车轮。"是树苗！"妈惊呼道。

"树苗！"劳拉也喊道，"玛丽，爸带回了树苗。"

"这是白杨树的树苗。"爸说，"你们都曾见过那棵草原上的孤树，那可是一棵参天大树，这些树苗就是那棵孤树的孩子。亨利湖边有很多这样的树苗，我挖了很多。我们可以在小木屋前后，种一个防护林。我们现在就种。卡洛琳，你很快就有自己的树林了。"

爸从车厢里掏出铁锹，对妈说："第一个棵树是你的，你先挑一棵，告诉我你想把它种在哪里。"

"先等等，让我想想。"妈说，她跑回烤箱旁，关掉烤箱，又把锅里的土豆拿了出来。她跑回来说："我选这一棵，就种在门口。"

爸先用铁锹在草地上划了一个正方形，然后铲掉正方形上的土，再在地上挖出一个坑，把坑里的土弄碎，最后小心翼翼地拿来树苗，没有抖掉根上的泥土。

"卡洛琳，来，帮我扶正树苗。"爸说。妈扶着树苗，爸再把挖出的土填回去，又在上面使劲踩了几脚。"卡洛琳，你看看，这是你的树了，吃完晚饭，我们要给每棵树苗浇水。玛丽，过来，下一棵树是你的。"

爸沿着第一棵树的直线，又挖了一个大坑，然后从车厢里拿出一棵树苗，让玛丽扶着栽下，这棵树就是玛丽的了。

"下一个轮到你了，劳拉。我们在小木屋的周围种一个正方形的防风林，我和妈的树种在门口，你们的树种在我们的两边。"爸说。

爸给劳拉种树的时候，劳拉扶着树；给卡莉种树的时候，卡莉扶着树。不一会儿，四棵小树就在草地上排成一排了。

"接下来该种格蕾丝的树了，格蕾丝在哪儿？"爸喊道，"卡洛琳，把格蕾丝抱出来。"

"格蕾丝不在屋里，她应该和你们在一起啊。"妈说。

"她一定在屋后，我去找她。"卡莉说。她边往屋后跑边喊"格蕾丝"。过了一会儿，卡莉跑了回来，脸上的表情非常惊恐，"爸，我找不到格蕾丝了！"

"她一定跑不远。"妈说，然后大喊起来，"格蕾丝！格蕾丝！"爸也喊道："格蕾丝！"

"都别站着了，快去找，卡莉！劳拉！快去。"妈吼道。忽然，她惊呼道："井！"然后，快速跑到井边，井上的盖子还在，格蕾丝不可能掉进去。

"她不会丢的。"爸说。

"我把她留在屋外，我以为她和你们在一起。"妈说。

"她不会丢的。"爸又说了一遍，"一分钟之前，我还看到过她，她不会走远的。"然后，他又喊起来："格蕾丝！格蕾丝！"

劳拉像没头苍蝇一样乱跑乱找，她跑上山坡，看不到格蕾丝，又沿着大沼泽地往银湖一路找去。可是除了开满鲜花的草原，什么都没有。她一遍一遍地找，可是什么都没发现。"格蕾丝！格蕾丝！"她嘶吼着。

爸跑上山坡，碰到了气喘吁吁的妈和劳拉，说："她一定是在什么地方，劳拉，你可能忽略了。哦，她不会是在——"爸惊恐地呼喊起来："大沼泽地！"他转身就跑。

妈跟着爸跑去，边跑边喊："卡莉，你和玛丽待在一起。劳拉，你看住她们！看住！"

玛丽站在门口喊："格蕾丝！格蕾丝！"沼泽地的方向传来爸和妈的呼喊声："格蕾丝！格蕾丝！"

如果格蕾丝去了大沼泽地，就真的麻烦了。沼泽地绵延千里，那里的草有一人高，脚下都是泥潭和水塘。劳拉僵立在那里，仿佛能听见风吹过沼泽地里杂草的声音，那声音几乎盖住了妈那令人头皮发麻的尖叫声："格蕾丝！"

劳拉感到又冷又难受。

"你为什么不去找？"卡莉大叫着，"别光站着了，快去做点什么，要不我去找！"

"妈让你和玛丽待在一起。"劳拉说，"你就好好待在那里！"

"那你去找，你去找啊！"卡莉大叫起来，"格蕾丝！格蕾丝！"

"闭嘴！让我想想！"劳拉也大叫起来。然后，她朝着阳光明媚的草原跑去了。

在那紫罗兰盛开的地方

劳拉一直向南寻找，她在阳光下奔跑，草儿轻抚着她的光脚。蝴蝶在花间翩翩飞舞，这里没有灌木，也没有高高的杂草，如果格蕾丝在这里，她无处可藏。可是，这里除了花草，什么都没有。

劳拉心想："如果是我自己边走边玩，一定不会去大沼泽地的，那里又黑又泥泞；也不会去山丘上，那里没有蝴蝶，没有漂亮的野花。因此，一定会顺着这条路走，在阳光下，惬意地玩耍。可是，格蕾丝，我怎么找不到你？格蕾丝还那么小，那么可爱，她现在是否很无助——"想到这儿，劳拉又大叫起来："格蕾丝！格蕾丝！"

阳光照射着一望无际的大草原，劳拉忽然恨起这个地方，它那么大，很难找到丢失的孩子。大沼泽地那边，爸和妈的呼叫声不时传来，在广袤的草原上，声音显得那么微弱和无助。

劳拉狂奔着，她的胸很闷，肋骨很疼，头脑也不清醒了，大口地喘着气。她爬上一个山坡，目光所及，除了草还是草。她又往前跑去，忽然脚下一空，差点摔倒在一个低洼的地方。

格蕾丝就在那儿！格蕾丝仿佛置身童话世界，阳光下，她那金色的头发在微风中轻轻飘荡，坐在一个蓝色的水塘旁。她转过头，用她紫罗兰一样的蓝眼睛看着劳拉，手里还握着一把紫罗兰。她举起花，冲劳拉喊："看，多漂亮啊！"

劳拉冲下斜坡，紧紧抱住格蕾丝，大口地喘着粗气。格蕾丝从她的臂窝里伸出手来，去摘更多的紫罗兰。她们被紫罗兰包围了。这块低洼的地方开满了紫罗兰，周围的绿草形成了一道屏障，把这片紫罗兰围了起来，从远处看，就好像草原上的一个蓝色的湖泊。劳拉感到阳光明媚、风儿清爽，浓郁的花香令人沉醉，蝴蝶在花儿上翩翩起舞。

劳拉站起来，拉着格蕾丝的手，说："格蕾丝，走吧，我们该回家了。"她手里拿着格蕾丝赠送的紫罗兰，单手把格蕾丝托出低地。

劳拉回望了一下这片紫罗兰的湖泊，然后拉着格蕾丝往回走。格蕾丝走得太慢了，劳拉就抱起她走。格蕾丝已经三岁了，对劳拉来说，有点重。她就抱一会儿，走一会儿。就这样抱抱走走，她们终于回到了小木屋，把格蕾丝交给了玛丽。

然后，她又朝大沼泽地跑去，边跑边喊："爸，我找到格蕾丝了。"许久之后，爸的回应传了过来。爸和妈从大沼泽地里走出来，他们看起来很疲惫，浑身都是泥水。他们往小木屋走去，心中暗自庆幸。

妈坐上摇椅，把格蕾丝抱在腿上，问劳拉："你是在哪儿找到她的？"

"在——"劳拉想了一下，说，"爸，你觉得真有人间仙境吗？那儿真是太美了，非常完美，它被四周的高地挡住了，如果你走下去，肯定不会发现那里！那里很大，开满了紫罗兰，我想，一定是谁创造了那里。"

"劳拉，你已经过了迷恋仙境的年纪了。"妈说，"查尔斯，不能让她这样幻想了。"

"那是个真实的地方。"劳拉坚持说，"那儿的紫罗兰跟别处不同，闻起来更香。"

"它们确实很香。"妈说，"但是那也只是开满紫罗兰的地方，不是什么仙境。"

"有一点你说对了，劳拉。"爸说，"那个地方不是人创造出来的，创造它的是一个又大又丑的东西，还驼着背。那里原本是野牛打滚的地方。

"野牛在那里打滚，把土拱了出来。然后，另一群野牛来了，也在那里打滚。过了很多年，那里就成了现在的样子。"

"为什么野牛总在一个地方打滚？"劳拉问。

"我也不知道，"爸说，"可能是因为熟悉那里吧。现在，野牛都走了，那个坑就长出了草和紫罗兰。"

"好了，好了。"妈说，"真是虚惊一场，吃饭的时间早过了，卡莉、玛丽，你们俩没把饼干烤糊吧。"

"没烤糊，妈。"玛丽说。饼干被包在一块布里保温，卡莉把它拿给了妈。锅里的土豆早熟了。"你们坐着休息一会儿，妈，我去做炸猪肉和肉汤吧。"劳拉说。

除了格蕾丝，其他人都不觉得饿。他们的午饭吃得很慢。饭后，爸又去种树，当种格蕾丝的树时，妈抱着格蕾丝扶着树。所有树都栽好后，劳拉和卡莉又打来水，给每棵树苗都浇了足足一桶水。干完这一切，晚饭的时间又到了。

"好了。"爸说，"我们的小木屋算是完成了。"

"是的，但是我们忘了一件事，"妈说，"都不知道这一天干了什么，怎么能忘了装托架呢！"

"卡洛琳，我喝完茶就去装托架。"爸说。

爸从工具箱里拿出了锤子，把托架钉在桌子和陈列架之间的墙上，然后说："把小牧羊女瓷像拿来吧。"

妈把瓷像递过来，爸把它放在托架上。这个小牧羊女瓷像，有着白色的裙子、粉色的脸颊、带笑的眼睛和金色的头发。它的小瓷鞋和洁白的身躯，还是那么闪闪发亮，就像在大森林里时一样。托架是爸很多年前送给妈的圣诞礼物，架子上雕刻着精美的花纹，虽然经过了岁月的洗礼，但是依然光滑如初，一点划痕都没有。

爸把步枪和猎枪都拴在门上，在枪的旁边钉了个钉子，钉子上拴着锃亮的新马蹄铁。

　　"好了。"爸说，"我们暂时只能做这么多了，卡洛琳，这仅仅是个开始。"爸欣慰地看着拥挤的小屋，妈则笑着看着他。"劳拉，我教你一首《马蹄铁之歌》吧。"爸说。

　　劳拉拿来小提琴，爸坐在门口调音。妈坐在摇椅上，轻轻地摇着格蕾丝，让她睡觉。爸边演奏边唱歌，劳拉默默地刷盘子，卡莉帮她把盘子擦干。

在人生旅途中，我们感到心满意足，

和所有人都要和谐相处，

我们要远离一切纷争和烦恼，

我们高兴地和朋友谈笑，

家庭快乐和睦，

我们已经满足，没有更多的要求，

为什么我们会成功，

多亏那挂在门上的马蹄铁。

让它永远挂在门上吧，

保佑我们永远幸运，

如果你想自由和快乐，

就在门上挂一块马蹄铁。

"查尔斯，这首歌听起来很奇怪。"妈说。

"无所谓，"爸说，"只要我们过得好就行了。卡洛琳，用不了多久，我们就会有更多的房屋，还会有两匹马，一辆轻便的马车。我不想耕太多地，一小块农田就够了。我想多养一些牛，因为野牛多的地方，一定是养牛的好地方。"

劳拉刷好盘子，把刷盘子的水倒在了门口的草地上。明天的太阳会把它晒干的。夜幕降临了，一颗星星率先升上天空，往远处望，能模糊地看到小镇上的黄色灯火。今夜没有风，只有空气在草间低语。天空、水、流动的空气，这里的一切都是孤独的、原始的、永恒的。

"野牛已经不在了，现在，我们是这里的主人。"劳拉这样想着。

讨厌的蚊子

"我们得建一个马厩。"爸说，"现在外面还有点冷，就算是到了夏天，马也需要一个遮挡暴风雨的地方。"

"艾伦也会住在里面吗？"劳拉问。

"夏天的时候，奶牛还是在外面饲养更好。马就不一样了，晚上的时候最好是待在马厩里。"爸说。

劳拉帮爸建造马厩，她扶着木板，又递送钉子。马厩建在小木屋西边的山脚下，这里是天然的避风港。

天气渐渐热起来，黄昏时分，蚊子"嗡嗡"地叫起来。它们飞到艾伦身边，围着艾伦叫，还吸它的血，逼得艾伦围着木桩不停地打转。蚊子还飞到马厩里，叮咬马匹，马只能后退，扯紧了缰绳。它们又飞到小木屋里，在每个人的脸上、胳膊上都叮了几个大大的包。

它们没完没了地"嗡嗡"叫，没完没了地叮咬，让人睡不安生。

"这样可不行。"爸说，"我们得安上纱门和纱窗。"

"蚊子是从大沼泽地飞来的，我们离大沼泽地太近了，也许我们该离远一点。"妈抱怨着说。

"不能这么说。"爸说，"我喜欢大沼泽地，那里有无尽的杂草，想割多少就割多少。沼泽地旁边没有人居住，那里的草都是我们的。"

"当然，蚊子是个大麻烦，我明天就去镇上买一些纱布回来。"他补充说。

第二天，爸从镇上买来了纱布，还买了一些做纱门的木条。

爸开始做纱门，妈则把纱布钉在窗户上。爸做好纱门外框后，妈又帮爸在门上钉了纱布。

那天晚上，爸找来一些湿草，在马厩旁边点燃。马厩立即笼罩在浓烟里，蚊子可不能穿越浓烟。

爸又在艾伦的身边点燃了湿草，艾伦立刻走进了烟雾里，它知道只有那里能躲避蚊子。

爸又仔细查看了湿草的旁边有没有干草，然后又在火堆上添加了一些湿草，这样就够湿草烧一夜的了。

"行了。"爸说，"这一夜，蚊子不能打搅艾伦和马了。"

安静的夜晚

劳拉家的两匹马分别叫山姆和大卫，此刻它们正在烟雾中安静地休息。艾伦拴在木桩上，也舒服地卧在浓烟中。蚊子也不会来打搅它们了。

安上纱窗和纱门，蚊子也不能飞进小木屋了。

"我们终于安静下来了。"爸说，"以后我们都能舒舒服服的了。劳拉，把我的小提琴拿来，让我来点音乐。"

格蕾丝安静地躺在床上，卡莉坐在

她身边，妈和玛丽躺在摇椅上。

月光透过南边的窗户洒进来，洒在爸的脸上和手上，小提琴的琴弦像船桨一样轻轻滑动。

劳拉坐在玛丽的旁边，欣赏着外面的月色。她想着月光照耀紫罗兰盛开的地方，那里一定像仙境一样美妙，或许会有精灵在那里跳舞呢。

爸和着琴声，唱起了歌儿：

> 我生在一个小城镇，那里叫斯嘉丽，
> 那里有一个漂亮的姑娘，
> 年轻人看到她总会喊"哇——哦——哇"，
> 她的名字叫芭芭拉。

> 在那快乐的五月，
> 小树的新芽还没长出，
> 年轻的强尼在床上逝去，
> 为了他心爱的芭芭拉。

不久后，劳拉和玛丽上了床，和卡莉、格蕾丝一起睡下。劳拉拉上了帘子。

264

小木屋的故事

　　劳拉躺在床上，还想着月光下开满紫罗兰的仙境，想着月光下的大草原，想着他们这块美好的土地。爸拉着小提琴，仍在轻轻地哼唱：

> 家啊！家啊！
> 我可爱的家，
> 就算它那么简陋，
> 也是世上最温暖的地方。